마법의 시간여행 ㉟

파리에서 마법사들을 찾아라!

디자인의 마법사 조 앨리케이타에게 이 책을 바칩니다.

MAGIC TREE HOUSE # 35

NIGHT OF THE NEW MAGICIANS

by Mary Pope Osborne and illustrated by Sal Murdocca

Text Copyright ⓒ 2006 by Mary Pope Osborne
Illustrations Copyright ⓒ 2006 by Sal Murdocca

마법의 시간여행 35

파리에서 마법사들을 찾아라!

메리 폽 어즈번 지음

살 머도카 그림 / 노은정 옮김

 비룡소

차례

이야기를 시작하기 전에

어느 날 펜실베이니아 주의 프로그 마을 숲 속 나무 위에 신기한 오두막집이 홀연히 나타났습니다. 책 읽기 좋아하는 잭과 호기심 많은 동생 애니는 그 오두막집으로 올라가 보았답니다. 그런데 그곳에는 책이 가득했어요.

잭과 애니는 곧 그곳이 마법의 오두막집이라는 것을 알게 되었어요. 책에 나오는 장소로 잭과 애니를 데려다 줄 수 있는 신기한 힘을 지닌 오두막집이었어요. 그저 책에 있는 그림을 가리키면서 거기에 가고 싶다고 말하면 되었지요. 둘은 여러 차례 모험을 하면서 자기들이 떠나 있는 사이에 프로그 마을에서는 시간이 흐르지 않는다는 것도 깨달았죠.

마침내 잭과 애니는 이 마법의 오두막집이 모건 르페이 할머니의 것이라는 사실을 알게 되었습니다. 모건 할머니는 아득한 옛날 옛적 아서 왕의 왕국인 캐멀롯에서 날아온 요술쟁이 사서였어요. 시간과 공간을 넘나들며 책을 모으는 사람이었죠.

잭과 애니는 모건 할머니를 도와 다른 시대, 다른 곳을 탐험하면서 가슴 두근거리는 모험을 했어요. 그런데 이 모습을 눈여겨본 마법사 멀린 할아버지가 잭과 애니에게 임무를 맡겼답니다. 잭과 애니는 테디와 캐슬린이라는 두 어린 마법사와 함께 신화의 땅으로 모험을 떠났지요. 그곳에서 위기에 빠진 사람들을 구해 주고 잃어버렸던 보물들을 찾아냈어요.

이제 잭과 애니 앞에 새로운 도전이 놓여 있어요.

직접 마법을 쓸 자격이 충분하다는 사실을 멀린 할아버지에게 증명해야 하는 것이죠. 그러려면 네 번의 모험을 떠나야 한답니다. 첫 번째 모험에서 잭과 애니는 1700년대 이탈리아의 베네치아로 갔어요. 그리고 바닷물에 잠길 위기에 처한 베네치아를 구해 냈지요. 두 번째 모험에서 간 곳은 1,200년 전 바그다드였어요. 그곳에서 잭과 애니는 아리스토텔레스의 지혜가 담긴 책이 바그다드로 무사히 가도록 도왔지요.

이제 세 번째 모험이 기다리고 있어요. 멀린 할아버지가 어떤 임무를 준비해 놓았을까요? 잭과 애니의 모험을 따라가 봐요.

세기의 노래[*]

과학의 총명함과 산업의 발달이

너른 왕궁들 사이에

하늘과 맞닿은 철탑을 일으켜 세웠네.

1. 새로운 마법사들을 찾아라!

어느 여름날 해가 질 무렵이었습니다. 잭은 조금 어둑어둑해진 집 앞에 앉아 책을 읽고 있었어요. 숲에 서는 귀뚜라미 소리가 들려왔습니다. 길 아래쪽에서 는 아이스크림 트럭*의 종소리가 들려왔지요.

그때 애니가 현관문을 열고 나왔어요.

"오빠, 가자."

---

*미국에서는 아이스크림 장수들이 아이스크림을 트럭에 싣고 이곳저곳 다니면 서 팔아요. (옮긴이)

"어딜?"

"엄마가 아이스크림 사 먹으라고 돈 주셨어."

"와! 신난다!" 잭은 가방을 둘러메고서 벌떡 일어섰습니다.

잭은 애니를 따라 집 앞 계단을 내려가 길을 걸어갔어요. 숲에서 촉촉한 이끼 냄새와 풀 냄새가 풍겨왔습니다.

그런데 애니가 갑자기 걸음을 멈추었어요.

"오빠, 들어 봐."

잭은 귀를 기울였습니다.

"뭘? 아무것도 안 들리는데?"

"내 말이 그 말이야. 조금 전만 해도 귀뚜라미 소리가 들렸는데 지금은 너무나 조용해."

잭은 다시 귀를 기울여 보았습니다. 애니 말이 맞았어요. 프로그 마을 숲 전체가 가만히 숨을 죽이고 있는 것만 같았죠.

"혹시…… 그건가?" 잭이 무엇인가 생각난 듯 애니

에게 물었습니다.

"아마도! 일단 가 보자!" 애니가 씩 웃었어요.

잭과 애니는 서둘러 길을 지나 그늘진 숲 속으로 들어갔습니다. 잎이 무성한 나무들 사이를 종종걸음으로 지나자 숲에서 가장 키가 큰 나무가 모습을 드러냈어요. 그곳에는 나무 꼭대기에 매달린 줄사다리가 드리워져 있었어요. 그리고 저 높은 나뭇가지들 사이에는 마법의 오두막집이 햇살을 받으며 자리 잡고 있었습니다.

"아이스크림은 좀 이따 먹어야겠다." 잭이 웃으며 말했어요.

"그러게!"

어느새 애니는 줄사다리를 붙잡고 마법의 오두막집으로 올라가기 시작했어요. 잭도 뒤따라 위로 올라갔습니다.

늦은 오후의 어스름한 햇살이 창을 통해 들어와 마법의 오두막집 안을 밝혀 주었어요. 곱게 접은 종이

한 장과 표지가 빨간 얇은 책 한 권이 바닥에 놓여 있었어요.

애니는 종이를 집었고 잭은 책을 집었어요.

"이건 분명히 모건 할머니가 자료를 찾으라고 보내 준 책이야." 잭이 말했습니다.

책 표지에는 제목이 황금색으로 쓰여 있었어요.

"파리 만국 박람회?" 잭이 말했어요.

"재미있겠다!" 애니가 소리쳤습니다.

"정말! 근데 왜 거기 가야 하지?"

"이걸 보면 알 수 있을 거야. 봐, 멀린 할아버지 글씨가 적혀 있잖아!"

애니는 들고 있던 종이를 펼쳐 큰 소리로 읽기 시작했습니다.

프로그 마을의 잭과 애니에게

사악한 마법사가 파리 만국 박람회에서 네 명의 새로운 마법사들이 가진 비결을 훔쳐 내기 위해 음모를 꾸미고 있단다. 그 새로운 마법사들을 찾아서 위험을 알려 주고 나를 위해 그들의 비결을 배워 오는 것이 너희 임무란다. 너희가 찾아내야 할 네 명의 새로운 마법사들은 이런 사람들이다.

소리의 마법사.

그의 목소리는

1,000리 밖에서도 들리도다.

빛의 마법사.

그의 불은 빛나되

이글이글 타오르지 않도다.

보이지 않는 것의 마법사.

그는 눈에 보이지 않는

무시무시한 적들과 싸우도다.

철의 마법사.

그는 이 땅의 금속을 구부리고

바람을 이기도다.

그럼 행운을 빈다.

M

"이건 현실의 이야기가 아니라 꼭 동화 속 이야기처럼 들려. 사악한 마법사라고? 소리, 빛, 보이지 않는 것, 철의 마법사들이라니! 프랑스 파리처럼 진짜로 존재하는 곳이 아니라 캐멀롯 같은 마법의 땅에 사는 사람들 같아." 잭이 말했어요.

"하지만 우린 파리 만국 박람회에 갈 거잖아. 박람회라는 건 환상적이고 신비하게 느껴지지 않아?"

"그렇긴 해도 마법사들이 왜 우리 같은 어린애들의 도움을 받아야 해? 어째서 자기들 힘으로 사악한 마법사를 물리치지 못하는 거지?" 잭은 고개를 갸우뚱했습니다.

"그 사악한 마법사의 힘이 더 센가?"

"그럼 테디하고 캐슬린이 준 마법 주문을 써서 도와야겠네."

"참, 마법 책! 집에 가서 가져와야 해!" 애니는 화들짝 놀랐습니다.

"걱정 마. 나한테 있으니까. 바그다드에서 돌아온

다음부터 항상 가지고 다녔어. 언제 멀린 할아버지가 우리를 부를지 모르잖아." 잭이 말했습니다.

"휴, 어디 좀 봐." 애니는 안도의 한숨을 쉬었죠.

잭은 캐멀롯에 있는 어린 마법사 친구들이 써 준 작은 책을 가방에서 꺼냈어요.

테디와 캐슬린이
애니와 잭에게 주는
열 가지 마법 주문

잭은 차례가 적힌 곳을 펼쳤습니다.

"우린 첫 번째 모험과 두 번째 모험에서 마법 주문을 다섯 개 썼어. 그러니까 앞으로 두 번의 모험에서 쓸 마법은 다섯 개가 남은 거야. 공중을 가르며 씽씽 달리기, 사라지게 하기, 오리로 변신하기……."

"꽥꽥!"

오리 울음소리에 잭은 놀라서 고개를 들었어요.

"장난이야." 애니가 말했습니다.

"앞으로는 마법 주문 가지고 장난치지 마. 엉뚱한 때 엉뚱한 마법 주문을 썼다가는 큰일 날 테니까. 준비됐어?" 잭이 마법 책을 덮으며 말했습니다.

"준비됐지." 애니가 대답했어요.

잭은 숨을 깊이 들이쉬고는 1889년 파리 만국 박람회 안내서를 집어 들었어요.

"이곳에 가고 싶다." 잭이 안내서 제목을 가리키며 말했습니다.

바람이 불기 시작했어요.

나무 위 마법의 오두막집이 빙글빙글 돌기 시작했어요.

점점 더 빨리 더 빨리.

그러다가 사방이 잠잠해졌어요.

쥐 죽은 듯이.

2. 박람회장 안으로

    잭은 눈을 떴습니다. 해 질 무렵의 포근한 공기 속에 장미꽃 향기가 감돌았어요. 잭은 예스러운 모자에 벽돌색 재킷과 무릎까지 오는 반바지를 입고 있었어요. 잭의 배낭은 가죽 책가방으로 바뀌어 있었죠. 애니는 풍성한 하얀색 블라우스와 밑단에 주름 장식이 달린 기다란 자주색 치마 차림이었어요.

    "봐, 에펠 탑이야!" 애니가 말했습니다.

잭은 애니가 가리키는 곳을 보았어요. 마법의 오두막집은 나무가 무성한 공원에 내려앉아 있었어요. 공원 너머로 하늘을 향해 우뚝 서 있는 에펠 탑이 보였어요. 탑 꼭대기에 달린 조명등에서 빛이 뿜어져 나왔습니다.

"정말 에펠 탑이네. 근데 만국 박람회는 어디서 열리는 걸까?" 잭은 안내서를 펼쳤습니다.

"박람회는 에펠 탑 바로 밑에서 열리는 것 같아. 잘됐다. 찾기 쉽겠네." 잭이 안내서에 나온 지도를 보며 말했어요.

"가 보자." 애니가 말했습니다.

"잠깐만! 우리가 이번 모험에서 해야 하는 일부터 확인해야지." 잭이 애니를 말렸어요.

"뭐, 간단해. 소리의 마법사, 빛의 마법사, 보이지 않는 것의 마법사, 철의 마법사를 찾아서 사악한 마법사가 음모를 꾸미고 있다는 사실을 경고해 주는 거야. 그런 다음 그 사람들의 비결을 배워다 멀린 할아버지한테 알려 드리면 돼."

"그렇게 간단하지 않을걸. 내가 생각하기엔 엄청난 임무 같단 말이야." 잭은 고개를 저었어요.

"그러니까 당장 시작하잔 말이야. 빨리빨리!"

애니는 줄사다리를 타고 먼저 내려가 버렸어요.

잭은 테디와 캐슬린의 마법 책과 멀린 할아버지의 편지가 든 가죽 책가방에 만국 박람회 안내서도 함께 넣었어요. 그런 다음 애니를 뒤따라 나무 아래로 내려갔습니다.

잭과 애니는 공원을 가로질러 가기 시작했어요. 애니의 치마에 달린 주머니 속에서 짤랑짤랑하는 소리가 들렸어요. 애니가 주머니에 손을 넣어 보니 동전이 한 움큼 나왔죠.

"이야! 아이스크림 사 먹으려던 돈이 프랑스 동전으로 바뀌었어!" 애니가 신나서 소리쳤어요.

"잘됐다. 박람회에 가면 동전이 필요할지도 몰라." 잭이 말했습니다.

잭과 애니는 자갈길을 따라서 걸어갔어요. 자갈길은 공원 밖의 널찍한 길로 이어졌어요. 길가에는 가스등이 달린 가로등들이 줄지어 서 있었죠. 말이 끄는 마차들과 예스럽게 생긴 자전거들이 자갈길을 덜그럭거리며 지나갔습니다. 모두들 꽤 넓은 강에 놓여 있는 다리를 향해 가고 있는 것 같았어요. 다리 위는 무척이나 붐볐어요.

강에는 작은 배들이 떠 있었어요. 배에 달린 불이 강물에 비쳐 어른거렸습니다. 강 저편에는 수천 개의 작은 등불들이 강둑을 따라서 반짝거렸습니다. 그리고 어슴푸레한 어둠 속에서 에펠 탑이 환하게 빛나고 있었습니다.

"파리는 정말 아름다워!" 애니가 감탄했어요.

"정말! 우리도 다리를 건너서 박람회장으로 가자." 잭이 말했어요.

잭과 애니는 다른 사람들과 함께 박람회장으로 연결된 다리를 건너갔어요.

둘은 사람들 무리 속으로 쉽게 섞여 들어갔습니다. 모두들 들떠 있었어요. 아이들의 옷차림은 잭과 애니와 비슷했어요. 남자 어른들은 검은 실크해트*에 검은 외투와 양복 차림이었습니다. 그리고 여자 어른들은 꽃바구니 같은 커다란 모자를 쓰고 있었고 치마 뒷부분이 불룩 튀어나온 길고 화사한 드레스를 입고 있었습니다.

세계 여러 나라에서도 박람회를 구경하러 온 것 같았습니다. 중국 사람의 밀짚모자, 네덜란드 사람의 더치캡**, 인도 사람의 터번***, 멕시코 사람의 솜브레로****가 잭의 눈에 들어왔어요.

"우리가 갔던 베니스의 카니발이 생각난다." 애니

---

*실크해트는 서양에서 쓰는 남자 정장 모자예요. 높다란 원통 아래쪽에 조금 넓은 원이 붙어 있는 모양이고 검은색이에요. (옮긴이)

**더치캡은 네덜란드 여자들의 전통 모자예요. 사각형의 흰 천을 접어 머리카락을 완전히 감싸지요. (옮긴이)

***터번은 인도나 아라비아 남자들이 머리에 칭칭 감는 천이에요. (옮긴이)

****솜브레로는 중앙이 높이 솟아 있고 챙이 무척 넓은 모자예요. 멕시코와 스페인 등에서 써요. (옮긴이)

가 말했어요.

"맞아. 베니스에서는 사람들이 변장한 것이었는데 이곳에서는 보통 때 옷차림이라는 게 좀 다르긴 하지만 말이야. 어쨌거나 여기는 박람회니까." 잭이 말했습니다.

"근사하다!" 애니가 또 감탄했어요.

잭은 주위를 둘러보았어요.

'대체 어떻게 네 명의 새로운 마법사를 알아볼 수 있을까? 파리 사람들하고 같은 옷차림을 하고 있을까? 아니면 다른 먼 나라 사람들처럼 입었을까? 그것도 아니면 멀린 할아버지나 모건 할머니처럼 중세 유럽의 치렁치렁한 옷을 걸쳤을까? 사악한 마법사는 또 어떻게 생겼을까?' 잭은 걱정되었죠.

"저기서 표를 사야 하나 봐." 다리를 거의 다 건넜을 때 애니가 말했어요.

잭과 애니는 박람회장 입구 가까이에 있는 매표소 쪽으로 갔습니다. 입구 위에 걸린 현수막에는 큼직큼

직한 글씨로 이렇게 적혀 있었어요.

1889년 파리 만국 박람회에 오신 여러분을 환영합니다.

표를 사기 위해서 줄을 서서 기다리는 동안 잭은 안내서를 꺼냈어요.

"멀린 할아버지가 내린 임무를 제대로 해내려면 미리 준비해야 해."

잭은 첫 장을 펼쳐서 소리 내어 읽었습니다.

파리 만국 박람회에 오신 것을 환영합니다. 이번 박람회에는 전 세계에서 온 전시품들이 6만 가지가 넘게 모여 있어, 마치 생생한 백과사전을 보는 듯한 느낌을 드릴 것입니다.

"아마 마법 쇼도 열리지 않을까? 그런 데 가면 새로운 마법사들을 찾을 수 있을 거야." 애니가 말했어요.

"그럴 수도 있지."

잭은 안내서를 계속해서 읽었습니다.

특히 이번 박람회에서는 더욱 발전된 과학 기술이 공개됩니다! 인류의 재능이 얼마나 뛰어날 수 있는지 확인하세요! 현대 과학 기술의 모든 것을 느끼세요! 신기한 최신 기계들과 발명품들을 두 눈으로 직접 관찰하세요!

잭은 고개를 들었어요.

"흠, 주로 기계와 발명품이 전시되는 것 같은데. 마법이나 마법사에 대한 이야기는 없어."

"몇 장 줄까?" 표를 파는 직원이 퉁명스레 물었습니다. 잭과 애니는 어느새 매표소 바로 앞까지 와 있었던 거예요.

"두 장 주세요." 애니는 프랑스 동전을 한 움큼 내밀며 말했습니다.

매표소 직원은 그중에서 동전 두 개를 집어 들었어
요. 애니는 나머지 동전을 주머니에 도로 넣었습니다.
잭과 애니는 입구를 지나 1889년 파리 만국 박람회장
안으로 들어갔어요.

3. 마법사는 어디 있지?

"와!" 잭과 애니는 입을 모아 감탄했습니다.

박람회장 안은 사람들로 북적거렸어요. 우뚝 솟은 에펠 탑 밑에서는 악단이 흥겨운 행진곡을 연주하고 있었습니다. 분수대에서는 갖가지 색깔의 고운 물줄기가 하늘 높이 솟구쳤고 사람들 사이로 작은 기차가 지나가며 기적을 울렸습니다.

주위는 어둑어둑했어요. 하지만 전 세계에서 몰려든 사람들은 어른, 아이 할 것 없이 바삐 움직이고 있었어요. 다들 무척이나 즐거워 보였어요. 안내서를 보며 여러 전시관들을 도는 사람들도 있었고 기념품이나 음료수 또는 과자를 사는 사람들도 있었죠.

"여기서는 박람회장 안이 잘 안 보여. 무슨 일이 벌어지고 있는지 알 수가 없어." 애니가 말했어요.

"저기 저 작은 기차는 어때? 저걸 타면 잘 보이지 않을까?" 잭이 물었습니다.

"좋은 생각이야." 애니가 대답했어요.

기차가 다시 삑삑 기적 소리를 냈습니다.

"저쪽이다. 빨리!" 잭은 기차에서 내리는 사람들과 기차에 새로 올라타는 사람들이 모여 있는 광장을 가리키며 외쳤어요.

둘은 열심히 달려서 기차에 올랐습니다. 애니가 주머니를 뒤져 동전을 조금 꺼내서 차장에게 내밀자 차장은 그중 몇 개를 집었어요. 잭과 애니는 나무 의자에 끼여 앉았습니다. 기차는 다시 기적을 울리고 증기를 몇 번 푹푹 내뿜더니 움직이기 시작했습니다.

"마법 같은 거나 마법사 비슷한 사람이 있나 잘 찾아봐." 잭이 말했어요.

기차가 박람회장 안을 천천히 도는 동안 안내원의 목소리가 확성기를 통해서 들려왔어요.

"파리 만국 박람회 관광 열차에 타신 것을 환영합니다! 이 기차를 타는 동안 여러분은 인류가 지은 건축물의 역사를 보시게 됩니다! 다른 어떤 곳에서도 볼 수 없었던 것이지요. 모든 건축물들은 각기 그 시대 나름의 멋과 아름다움을 지녔습니다."

기차는 동굴 집, 천막집, 흙으로 지은 움막집 옆을 지나갔습니다.

'마법사는 어디 있지? 여기도 없고 저기도 없는데.' 잭은 갖가지 건축물들을 보면서 생각했습니다.

기차는 지붕을 풀로 엮어 얹은 오두막도 지나고 기둥들이 우뚝 서 있는 저택도 지나고 어마어마한 황금빛 돔 지붕이 있는 궁전도 지났어요.

'없어, 없어, 아무 데도 없어.' 잭은 생각했어요.

"이제부터 세계 여러 나라의 모습을 둘러보시겠습니다. 먼저 이집트입니다!" 안내원이 말했어요.

기차는 야외 식당 옆을 지났어요. 고기 굽는 냄새와 진한 커피 냄새가 진동했죠. 베일로 얼굴을 가린 여자 세 명이 피리 소리에 맞춰 춤을 추었어요.

'여기도 마법사는 없어.'

"세렝게티는 아프리카 동부에 있는 아름다운 평원이죠. 이번에는 세렝게티 평원에 있는 아프리카 원주민 마을을 둘러보시겠습니다." 안내원은 계속해서 설명했어요.

기차는 무성하고 기다란 풀로 에워싸인 오두막들을 지나쳤어요. 그곳에서는 사람들이 북을 치며 호리병박 모양의 딸랑이 같은 것을 흔들고 있었죠.

'아직도 마법사는 안 보여.'

"머나먼 중국의 설날 축제를 보실 차례입니다."

기차는 중국 곡예단 옆을 지나쳤어요. 덩실덩실 춤추는 커다란 붉은 용이 보였습니다.

"용은 마법하고 관련이 있지 않아?" 애니가 돌아보며 물었어요.

"저건 그냥 용 모양 탈을 쓴 사람들일 뿐이야. 그러니까 마법이 아니지." 잭이 대답했어요.

"왼쪽에 보이는 것은 이슬람교에서 예배를 보는 장소인 모스크입니다. 오른쪽은 불교의 절이죠. 또 저곳은 오밀조밀하게 꾸며 놓은 일본식 정원이고……."

"아니야, 아니야, 다 아니야." 잭은 중얼거렸어요.

기차는 세계 여러 나라의 전통 의상을 입은 인형들이 쇼를 펼치는 곳도 지나갔습니다. 그 쇼의 주인공은 거대한 갈색 여인상이었습니다.

"이 훌륭한 작품은 로마의 여신 비너스입니다. 온통 초콜릿으로 만들어졌지요."

"진짜 굉장하다!" 애니가 감탄했어요.

"하지만 저것도 마법은 아니야." 잭이 말했어요.

이번에는 높이가 3층 건물만큼 되는 거대한 지구본이 나왔어요. 그 지구본은 천천히 돌고 있었죠.

"우리가 사는 이 지구의 아름다운 산맥이며 사막이며 강이며 바다가 보이십니까?"

"이 박람회는 정말 백과사전 같아!" 애니가 말했죠.

"하지만 이 백과사전에는 우리가 찾아야 하는 것이 없어." 잭은 한숨을 쉬며 안내서를 뒤졌습니다.

"꿈만 같군!" 기차에 있던 사람 하나가 말했어요.

"충격적이야!" 또 어떤 사람이 말했어요.

"마법이다!" 또 다른 사람이 소리쳤어요.

잭은 고개를 들었어요.

"누가 지금 '마법'이라고 말했지?"

"땡! 그건 에펠 탑을 보고 한 소리였어!" 애니가 말했습니다.

기차가 멈추었어요. 승객들은 모두 고개를 들어 위쪽을 쳐다보았죠. 등불이 탑 아랫부분의 어마어마한 아치를 밝히고 있었습니다.

"에펠 탑은 이번 만국 박람회를 위해서 특별히 지어졌습니다. 높이가 거의 300미터나 되며 현재 지구상에서 가장 높은 건축물이죠. 원하는 분들은 기차에서 내려 파리의 최신 기적을 가까이서 보십시오." 안내원이 설명했어요.

사람들이 기차에서 내리기 시작했어요.

"우리도 내리자. 이 기차는 별로 도움이 안 돼." 잭이 말했어요.

기차는 기적을 울리며 다시 움직이기 시작했어요. 잭과 애니는 막 출발하는 기차에서 내렸어요.

"굉장히 높은 탑이네." 잭이 위를 올려다보며 말했습니다.

"진짜 높다!" 애니가 외쳤어요.

굵은 철 기둥들이 서로 얼기설기 얽혀 하늘 높이 솟아 있었어요. 그물 무늬를 이루고 있는 그 기둥들 사이로 커다란 엘리베이터들이 철커덩거리며 올라갔습니다. 탑 꼭대기에서는 눈부시도록 밝은 빛이 부챗살 모양으로 뻗어 나와 파리 시내를 비추고 있었죠.

"엘리베이터를 타고 꼭대기에 올라가 보는 것도 재미있겠다." 애니가 말했습니다.

"하지만 우린 시간이 없어. 사악한 마법사보다 한 발 먼저 네 명의 새로운 마법사들을 찾아야 하잖아." 잭이 말했어요.

"사악한 마법사가 벌써 여기 와 있을까?" 애니는 궁금했어요.

잭과 애니는 주위를 이리저리 둘러보았습니다. 사람들은 전시관들을 찾아다니느라 박람회장 안을 바삐 돌아다니고 있었어요. 아이들의 손을 잡고 에펠 탑을 가리키는 부부도 보였습니다. 다정하게 팔짱을 끼고 걸어가는 연인들도 있었습니다. 다들 무척이나 유쾌

하고 즐거운 듯했어요.

'근데 사악한 마법사처럼 생긴 사람은 없는걸. 소리의 마법사나 빛의 마법사나 보이지 않는 것의 마법사나 철의 마법사처럼 보이는 사람도 없잖아.' 잭은 골똘히 생각에 잠겼어요.

그때 잭의 귀에 꼬마 여자 아이의 목소리가 들려왔습니다.

"아빠, 봐요. 마법이에요!"

"마법?" 잭은 정신이 번쩍 들었어요.

잭과 애니는 서로 마주 보았습니다.

"오빠, 저기야." 애니는 근처에 있는 전시실을 가리켰습니다.

그곳에는 어떤 여자 아이가 아빠를 보며 웃고 있었어요. 아이의 아빠는 이어폰 같은 것을 양쪽 귀에 대고 있었습니다.

잭과 애니는 그 전시실로 다가갔습니다.

"정말 믿어지지가 않는구나!" 아이의 아빠가 고개

를 가로저으며 말했어요.

"1,000리 밖까지도 목소리를 보낼 수 있대요. 이거 마법이죠? 맞죠, 아빠?" 아이가 물었어요.

"방금 저 애가 한 말 들었어? 바로 소리의 마법사 얘기야!" 애니가 잭의 팔을 붙잡으며 속삭였어요.

소리의 마법사.

그의 목소리는

1,000리 밖에서도 들리도다.

"맞아!" 잭이 말했습니다.

잭과 애니는 그 전시실 위에 걸린 표지판을 올려다보았어요. 그곳에는 이렇게 쓰여 있었습니다.

전화 – 알렉산더 벨의 새로운 발명품

"전화에 대해 이야기하는 거였어. 지금 우린 전화

가 갓 발명된 시대에 와 있나 봐!" 잭이 말했어요.

"그렇다면 알렉산더 벨이 바로 소리의 마법사구나. 틀림없어!" 애니가 말했어요.

"와! 알렉산더 벨이 진짜로 여기 와 있을까?" 잭은 무척 궁금했어요.

"내가 물어볼게."

애니는 전시실에서 일하고 있는 머리가 희끗희끗한 아주머니에게 다가갔습니다.

"실례합니다. 어디 가면 알렉산더 벨 씨를 만날 수 있을까요?"

"이를 어쩌나? 벨 씨는 방금 가셨는데." 아주머니가 대답했습니다.

"어디로 가셨어요?" 애니가 물었어요.

"나도 모른단다. 이상한 사람이 그분에게 초대장을 주었어. 벨 씨는 초대장을 읽자마자 어디론가 서둘러 가더구나. 내가 아는 것은 그뿐이란다. 그럼 나는 바빠서 이만……." 아주머니는 다른 사람의 질문에 대답해 주려고 돌아섰어요.

"하지만 알렉산더 벨은 유명한 발명가이지 마법사가 아닌데!" 잭이 애니에게 말했습니다.

"사악한 마법사가 전화에 대한 소문을 듣고는 마법이라고 착각했나 봐." 애니가 이야기했어요.

"그 초대장에는 무슨 말이 쓰여 있었을까? 그리고 왜 저 아주머니는 초대장을 가져온 사람이 이상하다고 했을까?"

"물어보자."

애니는 그 아주머니의 팔을 톡톡 건드렸어요.

"저, 실례합니다. 두 가지만 더 여쭤 볼게요. 초대장에 뭐라고 쓰여 있었는지 아세요? 그리고 그 초대장을 가져온 사람은 어디가 이상했어요?"

"초대장 내용은 나도 모르겠어. 그걸 가져온 사람은 길고 검은 망토를 입었는데 망토에 달린 모자를 얼굴이 다 가릴 정도로 푹 뒤집어쓰고 있었지. 목소리는 낮고 음침했단다."

'사악한 마법사는 바로 그렇게 생겼구나. 그럴 줄 알았어.' 잭은 갑자기 등골이 오싹해졌습니다.

"그 사악한 마법사 같은걸." 애니가 잭에게 속삭였습니다.

"응, 그러게 말이야." 잭은 주위를 이리저리 둘러보며 말했습니다.

"그 이상한 사람이 어디로 갔는지 아세요?" 애니가 아주머니에게 다시 물었어요.

"기계 전시관이 어디냐고 물어보더구나." 아주머니가 대답했습니다.

"거기가 어디예요? 이 박람회장 안에 있어요?" 잭이 물었어요.

"그럼 당연하지. 유리로 된 웅장한 건물이란다. 저기 저 지붕이 보이니?"

아주머니는 멀찌감치 떨어진 다른 전시관들 위쪽을 가리켰어요. 그곳에는 거대하고 둥그스름한 유리 지붕이 솟아올라 있었어요.

“예, 보여요.” 애니가 대답했습니다.

“그래. 그럼 나는 다른 손님들을 도와주러 이만 가 봐야겠다.”

“고맙습니다.”

애니는 잭을 돌아보았어요.

“가자.” 애니는 종종걸음으로 박람회장을 가로질러 갔습니다.

“잠깐, 잠깐, 잠깐만!” 잭은 애니를 허둥지둥 따라가며 외쳤어요.

“이제 알겠어. 초대장을 가져온 사람이 사악한 마법사야!” 애니가 말했어요.

“그거야 당연하지. 근데 그 마법사를 찾으면 어떻게 하지?”

“아직은 나도 몰라.”

“위험한 사람일 수도 있어. 그러니까 우리는 작전을 짜야 해.”

“우선 그 사람부터 찾고! 다른 데로 가 버리면 어떡

해? 빨리!"

　애니는 갑자기 발걸음을 재촉하더니 기계 전시관을
향해서 달려갔습니다.

4. 신기한 발명품

잭도 애니를 뒤따라 달렸습니다. 어마어마한 유리
건물인 기계 전시관 바로 앞에 다다라서야 잭은 애니
를 간신히 따라잡았습니다. 사람들이 표를 사기 위해
줄지어 서 있었습니다. 애니는 그 줄의 끄트머리에 있
었어요.

"헉헉, 드, 들어 봐. 작전을…… 작전을 짜야 한다
니까. 갑자기 그 마법사를 발견하면 어떡할래? 뭐라고
말할 거야? 그 사람이 우리한테 마법을 걸려고 하면

어쩌고?" 잭은 숨을 헐떡이며 말했어요.

"마법 주문을 외지 뭐." 애니가 대답했습니다.

"어떤 주문?" 잭이 물었어요.

"몇 장 줄까?" 표를 파는 사람이 물었어요. 그 사이 잭과 애니는 줄의 맨 앞으로 와 있었죠.

"두 장 주세요." 애니는 동전 몇 개를 내밀었어요.

애니는 표 두 장을 받아 들고서 잭을 돌아봤어요.

"안으로 들어가서 사악한 마법사부터 찾아보자. 그런 다음 어떤 주문을 쓸지 생각해 보는 거야."

"알았어. 하지만 자연스럽게 행동해야 해. 그래야 그 마법사에게 들키지 않지." 잭이 말했어요.

잭과 애니는 기계 전시관의 입구로 들어갔어요.

"와, 세상에!" 잭이 중얼거렸어요.

기계 전시관 안은 축구 경기장만큼이나 넓었습니다. 수천 명의 사람들과 수천 가지의 기계들이 가득했어요. 모터가 윙윙거리고 톱니바퀴들이 뱅뱅 돌고 기계 장치들이 철커덩거리고 있었죠.

"이게 다 뭐야?" 애니가 물었어요.

잭은 안내서를 꺼내어 큰 소리로 읽었습니다.

기계 전시관에 가면 전 세계에서 온 기계들을 볼 수 있습니다. 기술자들과 발명가들의 신기한 제품들을 직접 만날 수 있는 기회입니다. 옷감을 짜는 기계부터 휘발유의 힘으로 움직이는 자동차까지 하나도 놓치지 마십시오. 물론 미국 최우수 발명가상 수상자의 발명품들도 있습니다. 뉴저지 주의 멘로파크에서 온 그의 이름은……

"저것 좀 봐!" 잭이 책을 열심히 읽고 있는데 애니가 소리쳤어요.

애니가 가리킨 것은 저 위쪽에 난 길이었어요. 그 길은 기계를 이용해 자동으로 움직이며 전시관 안을 빙 돌고 있었어요. 마치 평평한 에스컬레이터 같았죠. 관람객들은 그 길 위에 서서 전시품들을 한눈에 내려다 볼 수 있었어요.

"저기 올라가면 이 안이 전부 다 보일 거야." 애니가 말했습니다.

"그러게! 사악한 마법사도 찾을 수 있을지 몰라."

잭은 안내서를 치웠어요. 그러고는 그 움직이는 길로 올라가는 계단을 향해 앞장서 갔습니다.

움직이는 길은 사람들로 붐볐어요. 길 위에 선 잭과 애니는 아래쪽에서 전시관 안을 둘러보고 있는 사람들을 내려다보았어요.

실크해트를 쓰고 검은 외투를 입은 신사들이 많이 보였습니다. 미국에서 온 카우보이들도 있었어요. 덥수룩한 수염에 머리에는 터번을 두르고 기다란 옷을 입은 아랍 사람들도 있었죠. 그렇지만 사악하게 생기고 모자 달린 망토를 두른 사람은 전혀 눈에 띄지 않았습니다.

움직이는 길은 잭과 애니를 태운 채 전시품들 위를 천천히 지나갔어요. 전시관 안은 사람들의 열기로 달아오르며 점점 더 시끄러워졌습니다. 망치질 소리, 사이렌 소리, 종소리, 호루라기 소리. 그런데 그 틈에서 사람들의 말소리가 들려왔어요.

"정말 천재구나!"

"기계의 시대야!"

"역시 멘로파크에서 온 마법사네!"

"오빠, 들었어? 누군가 마법사 어쩌고 했어." 애니가 잭에게 소리쳤어요.

"응, 똑똑히 들었어. '멘로파크에서 온 마법사'라고 말했어. 좀 전에 책을 읽을 때 멘로파크라는 말을 봤는데."

잭은 안내서를 꺼냈어요. 그리고 아까 읽다 만 곳을 찾아서 소리 내어 읽었습니다.

물론 미국 최우수 발명가상 수상자의 발명품들도 있습니다. 뉴저지 주의 멘로파크에서 온 그의 이름은 토머스 에디슨입니다.

"토머스 에디슨이라면 역사상 가장 똑똑한 발명가 중의 한 사람이잖아! 에디슨의 발명품들이 어디 있는 걸까?" 잭이 말했어요.

둘은 전시관 안을 휘 둘러보았습니다. '에디슨 전시실'이라고 큼직하게 적힌 표지판이 잭과 애니 바로 아래쪽에 보였습니다.

"저기야! 내려가자." 애니가 말했어요.

계단이 가까워지자 잭과 애니는 움직이는 길에서 벗어나 1층으로 재빨리 내려갔습니다. 그런데 구경하는 사람들이 워낙 많아서 할 수 없이 사람들 속을 헤치며 나아가야 했어요.

"대체 어디 있지?" 애니가 두리번거렸어요.

"따라와."

잭은 에디슨 전시실 쪽으로 앞장서서 걸어갔어요. 그곳에는 무척이나 많은 사람들이 모여 있었죠.

잭과 애니는 전시품들을 자세히 보기 위해서 사람들 사이를 요리조리 비집고 앞으로 갔어요.

그곳에는 에디슨의 발명품들이 많이 전시되어 있었어요. 그중 어떤 발명품은 큼직한 관과 많은 스위치들이 달려 있었죠. 그 발명품 위에는 이런 표지판이 있었습니다.

축음기

"축음기가 뭐야?" 애니가 물었어요.

"옛날에 쓰던 시디플레이어나 엠피쓰리플레이어 같은 거야. 녹음한 음악을 들을 수 있게 해 준 최초의 기계지." 잭이 설명해 주었습니다.

한 남자가 이어폰을 끼고 축음기의 음악을 듣고 있었어요. 그의 주름살 패인 얼굴 위로 눈물이 흘러내렸습니다.

"세상에, 이럴 수가! 이제는 죽은 사람의 노래도 들을 수 있게 되었군요." 그 남자가 옆에 있는 여자에게 말했습니다.

"저게 무슨 얘기야?" 애니가 잭에게 물었어요.

"어떤 사람이 세상을 떠난 다음에도 여전히 목소리를 들을 수 있다는 말 같아. 녹음해 두면 되니까." 잭이 대답했어요.

"난 그런 생각은 미처 못 해 봤는데. 정말 그럴 수도 있겠다."

"쉿!" 그때 누군가 주의를 주었습니다.

사람들은 '앙리'라고 적힌 이름표를 단 남자의 말에 귀를 기울이고 있었어요.

"예, 사실입니다. 이 축음기는 미국 뉴저지 주 멘로 파크에서 온 토머스 에디슨 씨가 발명했습니다. 이번 파리 만국 박람회에서 처음으로 공개되었답니다. 에디슨 씨는 이 밖에도 많은 것을 발명했지요." 앙리가 열심히 설명했습니다.

앙리는 에디슨 전시실에 있는 또 다른 전시품 쪽으로 갔어요. 그것은 스위치가 달린 전구였습니다. 앙리는 스위치를 눌러서 전구를 켰다 껐다 했어요.

"지금으로부터 십 년 전인 1879년, 에디슨 씨는 오랜 노력과 수천 번의 실험 끝에 이 백열전구를 발명했습니다. 여러분, 백열전구 안을 한번 들여다보세요. 실처럼 가느다란 금속 선이 보이지요? 전기가 지나면 이 선이 아주 뜨거워지면서 환하게 빛납니다. 하지만 전구 안에는 불이 타오르기 위해 꼭 필요한 산소가 없

습니다.* 그래서 빛이 나기는 하지만 불꽃이 생기면서
금속 선이 타 버리지는 않는 것이랍니다."

사람들은 전구를 좀 더 가까이서 보려고 앞으로 다
가섰어요.

---

*불이란 물질이 산소와 화합하여 타오르는 거예요. 그래서 산소가 없으면 불
이 생길 수가 없어요. (옮긴이)

"토머스 에디슨이 바로 그 빛의 마법사야!" 그 사이 잭은 애니를 돌아보며 속삭였습니다.

빛의 마법사.
그의 불은 빛나되
이글이글 타오르지 않도다.

"바로 그거야!" 애니는 잭에게 이렇게 대답하고는 앙리에게 물었습니다.

"저기요, 지금 에디슨 씨는 멘로파크에 있어요?"

"아니. 실은 아주 조금 전까지만 해도 이 전시실에 있었단다." 앙리가 알려 주었습니다.

"그럼 지금은요?" 이번에는 잭이 물었어요.

"글쎄. 어떤 파티에 초대받아서 갔다는 것밖에 모르겠는걸." 앙리는 고개를 저었어요.

"사악한 마법사야." 잭은 목덜미가 서늘해졌지요.

"혹시 망토를 두른 이상하게 생긴 사람이 초대장을

가져왔어요?" 애니가 물었습니다.

"맞아. 어떻게 알았지?"

"그 사람이 어디로 갔는지 아세요?" 잭이 물었어요.

"파스퇴르 연구소가 어디 있느냐고 묻더라. 내가 아는 것은 그게 전부야."

"파스퇴르 연구소요? 그게 어디 있는데요?" 잭이 다시 물었습니다.

하지만 앙리는 대답해 주지 않았습니다. 어떤 소년이 전구에 대한 질문을 했기 때문이었어요.

"가자. 우리끼리도 찾을 수 있을 거야." 애니가 잭에게 말했어요.

잭과 애니는 에디슨 전시실을 나섰어요. 앙리가 아까 했던 말을 똑같이 되풀이하는 소리가 들려왔죠.

"지금으로부터 십 년 전인 1879년, 에디슨 씨는 오랜 노력과 수천 번의 실험 끝에 이 백열전구를 발명했습니다……."

5. 아무도 없어요?

잭과 애니는 기계 전시관 안에 꽉꽉 들어차 있는 사람들을 헤치고 간신히 걸어갔어요. 결국 한참 만에 출구에 도착할 수 있었지요. 밖으로 나와 보니 파리의 밤공기는 참 따뜻했어요. 전시관 밖도 사람들로 붐비기는 마찬가지였습니다. 악사들은 기타를 연주하고, 가수들은 노래를 부르고, 간식거리를 파는 장사꾼들은 손님을 끌기 위해 목청껏 소리 질렀어요.

"초콜릿 우유 있어요! 치즈 있습니다! 빵이요! 포도

주도 있습니다!"

"우선 파스퇴르 연구소로 빨리 가야 해!" 애니가 잭에게 외쳤어요.

잭은 만국 박람회 안내서를 꺼내어 찾아보기 부분에 파스퇴르 연구소가 있나 살펴봤습니다.

"없잖아! 이 박람회장 안에 있는 게 아닌가 봐." 잭은 안내서를 덮었어요.

"저기 저 마차를 타면 갈 수 있을지도 몰라."

애니는 길가에 죽 늘어서 있는 마차들을 가리켰습니다. 그 앞에는 마차를 타려는 사람들이 줄을 서 있었어요.*

"가자!" 잭이 말했어요.

잭과 애니는 수많은 사람들 사이로 지나갔어요. 그러고는 마차를 타기 위해 줄을 섰어요.

"사악한 마법사는 토머스 에디슨하고 알렉산더 벨

---

*그 당시 유럽에서는 택시 역할을 하는 마차들이 있었답니다. (옮긴이)

이 신비한 힘을 지닌 새로운 마법사들이라고 생각하는 거야!" 잭이 말했어요.

"그래서 그 비결을 훔쳐 내려고 어떤 파티에 초대했고 말이야." 애니가 이야기했죠.

"그러니까 분명 나머지 두 사람도 초대할 거야. 보이지 않는 것의 마법사랑 철의 마법사."

"그 사람들도 발명가일까?"

"가자. 우리 차례야." 잭이 말했습니다.

둘은 맨 앞줄에 와 있었어요.

"저희는 파스퇴르 연구소라는 데로 가야 해요. 그곳으로 데려다 주시겠어요?" 잭은 마부에게 큰 소리로 물었어요.

"물론이지!" 마부가 대답했죠.

"감사합니다!" 애니가 말했어요.

잭과 애니는 덮개가 없는 마차의 뒷자리에 올라탔습니다. 마부가 고삐를 흔들자 흰 말은 자갈길을 달가닥달가닥 걷기 시작했어요.

"저기요, 근데 파스퇴르 연구소가 정확하게 뭐하는 곳이에요?" 애니가 몸을 앞으로 내밀며 마부에게 물었습니다.

"병을 치료하는 방법을 연구하는 실험실이란다."

"아, 그렇군요."

애니는 잭을 돌아보았어요.

"오빠, 사악한 마법사는 왜 그곳으로 새로운 마법사를 찾으러 갔을까?"

"나도 모르지."

"사악한 마법사가 병이 났나?"

"그건 아닐걸. 어쨌거나 이제는 정말로 작전이 필요해. 연구소에서 사악한 마법사하고 딱 마주치면 어쩔래? 그 사람은 마법을 쓸 수 있단 말이야."

"하지만 우리한테도 마법 주문이 있잖아."

"그렇긴 하지." 잭은 마음이 놓였어요.

잭은 숨을 내쉬며 가방에서 마법 책을 꺼냈습니다.

테디와 캐슬린이

애니와 잭에게 주는

열 가지 마법 주문

잭과 애니는 마차에 달린 등불 아래서 마법 책의 차례를 읽었어요.

"마법 주문은 오직 한 번씩만 쓸 수 있는 거 알지? 돌을 살아 움직이게 하기. 이건 이미 써 버렸고. 어디인지도 모르는 곳에서 도와줄 사람들을 불러내기. 이것도 썼고. 완전히 망가진 것을 원래대로 만들기. 이것도 썼잖아."

"하지만 아직 안 쓴 것도 있어. 사라지게 하기, 오리로 변신하기……." 애니가 말했죠.

"다시, 다시! 그 주문 어때? 사라지게 하기!" 잭이 말했습니다.

"사람도 사라지게 할 수 있을까?"

"왜 안 되겠어? 그 주문 하나면 문제가 다 해결될

64

거야. 사악한 마법사를 사라지게 하면 되잖아."

"하긴." 애니도 마음이 놓였습니다.

"좋아. 이렇게 하자. 지금 그 마법 주문을 기억해 두는 거야. 그리고 사악한 마법사가 나타나면 마법 책을 보지 않고서 바로 주문을 외쳐 버리자." 잭이 작전을 짰어요.

"그래그래." 애니가 말했어요.

"테디의 주문은 내가 외울 테니까 너는 캐슬린의 주문을 외워." 잭은 마법 책을 펼쳤습니다.

"알았어."

애니는 마법 책을 보며 자기가 맡은 부분을 소리 내어 읽기 시작했어요.

디비완

잭은 깜짝 놀라 애니의 입을 막았어요.

"안 돼, 안 돼! 꼭 필요할 때까지는 소리 내서 말하면 안 돼! 실수로 우리 중에 한 명이 사라지면 어떡해! 아주 중요한 게 사라질 수도 있잖아!"

"미안."

"그러니까 속으로 외우자. 각자 맡은 주문만 외워야 해. 그래야 혹시 실수로라도 엉뚱한 때 주문을 써 버리지 않지."

"훌륭한 작전이야." 애니는 고개를 끄덕였어요.

잭이 자기가 맡은 주문을 외우는 동안 애니도 속으로 주문을 외웠어요. 잭은 머릿속으로 주문을 반복하고 또 반복했어요.

그사이 마차는 복잡한 거리로 들어섰습니다. 아까보다 마차와 자전거가 훨씬 많았죠. 두 사람이 함께 타는 2인용 자전거도 지나갔습니다. 파티에라도 가는 듯 우아하게 차려입은 한 쌍이 2인용 자전거에 나란히 타고 가는 모습도 보였습니다.

촛불을 밝힌 노천카페에서는 파리 시민들이 앉아 무언가를 먹고 있었어요. 하얀 앞치마를 두른 종업원

들이 쟁반을 높이 들고 왔다 갔다 했어요. 모두들 즐겁고 한가로워 보였죠. 잭과 애니는 가로수가 늘어선 한적한 길로 접어들었어요. 잭은 사악한 마법사에 대한 걱정은 걷어 버리고 남들처럼 파리에서 즐거운 시간을 보냈으면 좋겠다고 생각했습니다.

마부가 마차를 세웠어요.

"다 왔다! 파스퇴르 연구소란다."

마부의 목소리에 잭은 정신이 번쩍 들었습니다.

"여기가요?" 잭이 되물었어요.

파스퇴르 연구소는 유령의 집처럼 보였습니다. 커다란 문은 굳게 닫혀 있었고 길쭉한 창문들은 모조리 어두컴컴했습니다.

"제대로 찾아온 거 정말 맞아요?" 애니가 마부에게 살며시 물었어요.

"틀림없어. 근데 연구소가 문을 닫은 것 같구나. 어디 다른 곳으로 데려다 줄까?"

"아니에요. 여기서 내릴게요." 잭이 말했어요.

애니는 마부에게 동전 몇 개를 주었습니다.

"고맙습니다." 애니는 잭과 함께 마차에서 내리며 마부에게 인사했어요.

마부가 고삐를 움직이자 흰 말은 길을 따라 저벅저벅 멀어져 갔어요.

잭과 애니는 어두컴컴하고 고요한 그 건물을 물끄러미 바라보았습니다.

"올라가서 문을 두드려 보자." 애니가 말했어요.

잭과 애니는 커다란 입구로 이어진 돌계단을 올라갔습니다.

"제대로 찾아오긴 했네." 잭이 가스등 불빛에 드러난 작은 금속 표지판을 보며 말했어요.

그 금속 표지판에는 이렇게 새겨져 있었습니다.

루이 파스퇴르 연구소

잭은 문을 세 번 두드렸어요. 하지만 아무런 대답도 들리지 않았어요.

애니가 커다란 손잡이를 돌리고 밀어 보았지만 문은 굳게 잠겨 있었어요.

"다른 문이 있을지도 몰라." 애니가 말했어요.

잭과 애니는 연구소를 빙 돌아가서 뒷문과 옆문도 두드려 보았어요. 하지만 역시 아무런 대답이 없었습니다.

둘은 다시 연구소 앞으로 돌아왔습니다.

"틀렸어. 우린 지금 막다른 골목에 온 셈이야." 잭이 한숨을 내쉬었어요.

"그래도 여기서 주저앉을 수는 없어." 애니가 말했어요.

"그래, 그럴 수는 없지."

둘은 길 쪽을 멍하니 바라보았어요. 자전거 몇 대가 지나갈 뿐 조용하기만 했습니다.

그때 갑자기 뒤에서 나직한 목소리가 들렸어요.

"누구신가?"

6. 눈에 보이지 않는 적

잭과 애니는 화들짝 놀라 뒤를 돌아보았어요. 연구소 옆문에 거무스름한 무엇인가가 보였습니다. 어떤 사람이 서 있는 것이었어요.

'사악한 마법사다!' 잭은 가슴이 철렁했어요.

잭은 다급하게 마법 주문을 생각해 내려고 애썼습니다.

"무슨 일이오?" 목소리의 주인공이 가스등 불빛 아래로 한 걸음 나섰어요.

다시 보니 그 사람은 어깨가 구부정하고 머리가 하얗게 센 할아버지였습니다. 할아버지는 인자한 미소를 띠었어요.

"안녕하세요. 할아버지는 누구세요?" 애니가 물었습니다.

"나는 이곳의 야간 경비원이지. 밤에는 연구소가 문을 닫는단다. 개한테 물렸느냐? 광견병을 치료받으러 온 게야?" 할아버지가 말했어요.

"아니요. 저희는 멀쩡해요." 애니가 대답했죠.

"여기가 그런 일을 하는 곳이에요? 광견병에 걸린 사람들을 치료해 줘요?" 잭이 물었어요.

"그래. 물론 내가 아니라 파스퇴르 박사님이 치료해 주지. 박사님은 다른 병도 고친단다. 의학 분야에서 박사님은 누구보다도 앞서 가고 있어."

"진짜요? 뭘 연구하시는데요?"

"미생물이지."

"미생물이라고요?" 애니가 물었습니다.

"아주아주 작은 생물. 세균 같은 거 말이야." 잭이 설명해 주었어요.

"으악!" 애니는 질색했습니다.

"미생물은 우리 눈에는 보이지 않아. 어떤 미생물은 쓸모가 있지만 큰 해를 끼치는 미생물도 있지. 파스퇴르 박사님은 사람의 목숨을 빼앗을 수도 있는 미생물에 대해 연구하고 있단다. 또 백신과 새로운 약도 개발하고." 할아버지가 설명했어요.

"바로 보이지 않는 것의 마법사야!" 애니는 깜짝 놀랐습니다.

보이지 않는 것의 마법사.

그는 눈에 보이지 않는

무시무시한 적들과 싸우도다.

"맞다!" 잭이 말했어요.

"그렇다고 할 수도 있지. 파스퇴르 박사님은 분명

히 많은 사람들을 도와줬으니까." 할아버지는 빙긋 웃었습니다.

"저희는 그분을 찾아야 해요. 어디 있는지 아세요?" 애니가 물었어요.

"글쎄다. 조금만 일찍 왔더라면 좋았을걸. 아까 어떤 사람이 초대장을 가져왔거든."

"검은 망토를 두른 이상한 사람이요?"

"너희가 아는 사람이니?" 경비 할아버지가 되물었습니다.

"그런 건 아니에요. 누군지는 알 것 같지만. 초대장에 뭐라고 적혀 있었어요?"

"모르겠구나. 여하튼 파스퇴르 박사님은 초대장을 읽고 곧바로 나갔단다. 밤 10시까지 에펠 탑으로 가야 한다면서."

"에펠 탑이요?" 애니가 말했어요.

"밤 10시라고요? 할아버지, 지금이 몇 시예요?" 잭이 물었습니다.

"10시까지 한 20분쯤 남았구나." 할아버지는 주머니 시계를 꺼내 보고 알려 주었어요.

"으악, 어떡해! 빨리 가야 해!" 애니는 마음이 급해졌습니다.

"도와주셔서 고맙습니다." 잭은 경비원 할아버지에게 인사하는 것을 잊지 않았어요.

"뭐 그 정도를 가지고."

할아버지는 연구소 안으로 도로 들어가 문을 닫았습니다.

"빨리빨리!" 애니가 재촉했어요.

둘은 계단을 쪼르르 내려가서 길로 나갔습니다.

"루이 파스퇴르 박사! 들어 본 적 있어! 와, 그러고 보니 모두 진짜 마법사가 아니야. 위대한 과학적 업적을 이룬 유명한 사람들이지!" 잭이 말했어요.

"그럼 네 번째 마법사는 누굴까? 철의 마법사 말이야. 이 땅의 금속을 구부리고 바람을 이기는 사람. 그 사람은 마법사일까, 과학자일까, 아니면?"

"나도 모르지. 어쨌든 우선 에펠 탑으로 가야 해! 사악한 마법사가 새로운 마법사들을 찾아내기 전에 우리가 먼저 찾아서 그 비결을 배워야 해."

잭과 애니는 가로등이 켜진 길 양쪽을 이리저리 둘러보았습니다. 어떤 사람이 수레를 밀며 자갈길 위를 지나갔어요. 2인용 자전거를 탄 신사와 숙녀도 지나갔지요. 그 뒤로 말 한 마리가 끄는 마차가 덜컹덜컹 소리를 내며 다가왔습니다.

"저희 좀 태워 주세요!" 잭이 소리쳤어요.

하지만 마차는 그냥 가 버렸어요. 다른 마차가 올 것 같지도 않았습니다. 넓은 길에 잭과 애니만 덩그렇게 서 있었어요.

"걷자." 잭이 말했습니다.

"저기 봐." 그때 애니가 말했어요.

조금 전 자전거를 타고 지나갔던 신사와 숙녀가 되돌아오고 있었어요! 두 사람은 노란 가로등 불빛 근처에서 자전거를 세웠습니다.

"너희 목소리를 들었단다. 도움이 필요하니?" 신사가 쉰 목소리로 물었어요.

잭과 애니는 자전거로 한 걸음 다가갔어요. 그런데 그 두 사람의 생김새가 좀 이상했어요. 신사는 키가 땅딸막했어요. 머리에는 검고 긴 실크해트를 쓰고 있었습니다. 북슬북슬한 콧수염에 기다란 턱수염이 신사의 얼굴을 반은 덮고 있었죠. 숙녀도 역시 키가 작은 편이었어요. 베일이 달린 모자를 쓰고 있어서 숙녀의 얼굴은 거의 알아볼 수가 없었습니다.

"에펠 탑으로 가장 빨리 갈 수 있는 길을 알려 주세요. 밤 10시까지 거기 가야 해요. 아주 급해요." 애니가 사정을 이야기했습니다.

"어머나! 저런! 딱한 일이로구나!" 숙녀가 앵앵거리는 목소리로 말했어요.

"에펠 탑까지 걸어가려면 꽤나 오래 걸릴 텐데. 차라리 우리 자전거를 타고 가는 게 어떠니?" 신사가 헛기침을 한 번 하더니 푹 가라앉은 쉰 목소리로 말했습니다.

"진심이세요?" 잭이 되물었습니다.

"그렇고말고. 정말로 그렇게 급한 일이라면."

"네, 정말로 급한 일이에요. 근데 이 자전거는 어떻게 돌려 드리면 될까요?" 애니가 물었어요.

"그냥 에펠 탑 아래쪽에 놓아 둬라."

"자전거 빌리는 값을 드릴게요. 다 가지세요." 애니는 주머니에 있던 동전을 모두 꺼내 내밀었어요.

"아니, 괜찮다, 괜찮아. 너희를 도와줄 수 있는 것만으로 됐다." 신사는 이렇게 말하고 숙녀와 함께 자전거에서 내렸습니다.

"정말로 고맙습니다!" 애니가 말했어요.

"행운을 빈다!" 숙녀는 여전히 귀에 거슬리는 목소리로 말했죠.

신사와 숙녀는 돌아서서 걸어갔어요.

"두 분을 만난 게 저희한테는 큰 행운이에요! 고맙습니다." 애니가 다시 큰 소리로 인사했습니다.

"진짜로 고맙습니다!" 잭도 큰 소리로 인사했습니다.

"서두르렴! 10시까지 가려면 바람처럼 씽씽 달려야
할 거다!" 신사가 뒤를 돌아보며 소리쳤어요.

신사와 숙녀는 금세 모퉁이를 돌아서 사라져 버렸습니다.

"난 이 자전거가 마음에 쏙 들어!" 애니가 먼저 앞자리에 올라앉았어요.

"준비됐어? 아직은 2인용 자전거 타는 법을 잘 모르니까 천천히 가자." 잭이 뒷자리에 앉은 다음 말했습니다.

잭과 애니는 페달을 밟기 시작했습니다. 2인용 자전거는 보통 자전거보다 길어서 이리저리 휘청거렸어요. 그 바람에 처음에는 옆으로 쓰러질 뻔했지요.

"너랑 나랑 같은 속도로 페달을 밟아야 해." 잭이 말했습니다.

잭과 애니는 균형을 잡으면서 페달을 동시에 밟으려고 노력했어요. 덕분에 자전거는 조금은 덜 휘청거리면서 자갈길을 달려 나갔습니다.

"이제 난 2인용 자전거를 잘 탈 수 있어!" 애니가 말했습니다.

"나도 그래! 보통 자전거 타는 거랑 별로 다르지 않은걸."

"이제 우리 어디로 가?"

"카페가 많고 사람들이 북적이는 큰길로 가야 해."

둘은 자전거를 타고 길모퉁이로 가서 길 양쪽을 살폈습니다.

"저쪽이야." 애니가 오른쪽을 가리켰어요.

그곳에는 가스등을 켜 놓은 식당들이 많이 보였습니다. 오가는 사람들도 제법 많았죠.

"맞아. 가자." 잭이 말했어요.

애니는 핸들을 돌려서 방향을 바꿨어요. 잭과 애니가 탄 자전거는 울퉁불퉁한 길을 달려갔습니다. 팔짱을 끼고 다정하게 걸어가는 사람들이 나타날 때마다 애니는 자전거의 방향을 살짝 바꿔서 조심조심 피해 갔어요. 노천카페에 앉아 있는 사람들이 잭과 애니가 지나가는 것을 보고 손을 흔들어 주었어요.

그렇지만 한참을 가다 보니 길에 다니는 사람들이

점점 줄어들었어요. 길이 갈라지는 곳에 다다랐을 때는 근처에 한 사람도 보이지 않았어요. 잭과 애니가 페달을 뒤로 밟자 자전거가 휘청하며 멈췄습니다.

"이제 어느 길로 가지?" 애니가 물었어요.

잭은 양쪽 길을 살폈습니다. 문을 닫은 상점과 불 꺼진 집들뿐, 양쪽 다 어두컴컴했어요. 잭은 아무것도 알아볼 수가 없었습니다.

"글쎄, 모르겠네. 마차를 타고 가는 동안 길에 뭐가 있는지 별로 관심 있게 봐 두지 않았거든."

"나도야." 애니가 말했어요.

건물들 너머로 하늘 높이 솟아 있는 에펠 탑이 보였어요. 그리 멀지는 않은 것 같은데 도무지 어느 길로 가야 에펠 탑에 닿을 수 있을지 아리송했어요.

"왼쪽으로 가 보자." 잭이 말했어요.

잭과 애니는 자전거 방향을 왼쪽으로 돌려서 자갈길을 덜커덩덜커덩 달려갔어요. 하지만 그 길 끝에는 텅 빈 광장이 있을 뿐이었습니다.

"막다른 길이야." 잭이 말했어요.

"빨리 되돌아가야 해!" 애니가 다급한 목소리로 말했어요.

둘은 자전거를 다시 돌려서 왔던 길을 되돌아갔어요. 하지만 그 길도 역시 끝이 막혀 있었죠.

"큰일 났네! 카페들이 늘어선 붐비는 거리는 어디 있는 거야?" 잭이 말했습니다.

"어쩌다 보니 지나치고 말았나 봐. 길을 완전히 잃어버렸어! 10시가 다 됐는데 어쩌지?" 애니도 걱정되었습니다.

"휴, 열 받아! 에펠 탑이 바로 저기 있는데 갈 수 없다는 게 말이 돼! 코앞에 두고도 길을 몰라서 못 가게 생겼어!" 잭이 파리 하늘 높이 우뚝 솟아 있는 에펠 탑을 가리키며 말했습니다.

"잠깐! 아까 그 신사가 '10시까지 가려면 바람처럼 씽씽 달려야 할 거다!'라고 했잖아!" 애니가 무엇인가 생각난 듯 말했어요.

"그건 나도 들었어. 하지만 길을 잃어서 어디로 가야 하는지도 모르는데 씽씽 달려서 뭐해?" 잭은 시큰 둥하게 대답했어요.

"길은 몰라도 돼! 그냥 씽씽 달리면 되는 거야! 그게 바로 우리의 마법 주문이잖아. 공중을 가르며 씽씽 달리기!"

7. 바람처럼 씽씽!

"아하, 그렇구나!" 잭이 중얼거렸어요.

잭은 가방에서 마법 책을 꺼냈습니다.

"이렇게 하면 되겠다! 내가 마법 주문의 첫 줄을 말할 테니까 네가 두 번째 줄을 말해. 그런 다음 자전거 페달을 힘껏 밟자. 길이 텅 비어 있으니까 우릴 보는 사람도 없을 거야. 그리고⋯⋯."

"그래그래, 알았어. 빨리 시작하자." 마음이 급한 애니가 잭의 말을 가로챘어요.

잭은 둘이 함께 볼 수 있도록 가로등 불빛이 잘 비치는 자리에서 마법 책을 펼쳤습니다. 먼저 잭이 첫 줄을 읽었어요.

휘리릭, 빙글빙글, 핑핑, 씽씽!

그러자 애니가 두 번째 줄을 읽었어요.

티롤아이 비아이벤!

"밟아!" 잭이 책을 가방에 도로 집어넣으면서 외쳤습니다.

잭과 애니는 자전거의 균형을 잡으며 페달을 세게 밟았어요. 자전거가 자갈길 위를 덜컹덜컹 달려 나갔습니다.

"더 빨리!" 잭은 페달을 있는 힘껏 꽉 밟았어요.

자전거가 앞으로 쏜살같이 달리더니 앞바퀴가 길

위로 붕 떠올랐어요.

"야호!" 애니가 소리쳤습니다.

"꼭 잡아!" 잭이 외쳤어요.

잭은 손잡이를 힘주어 쥐었습니다. 바퀴가 점점 더 빠르게 돌더니 마침내 자전거가 완전히 공중으로 떠올랐죠. 자전거는 어두컴컴한 길 위로 날아올랐어요. 지붕을 넘어서 달이 환하게 빛나는 하늘로 높이높이 날았어요.

"왼쪽으로!" 잭이 소리쳤어요.

애니는 자전거의 방향을 왼쪽으로 틀었어요. 그러자 잭과 애니를 태운 자전거는 에펠 탑을 향해 곧장 날아갔습니다.

에펠 탑에서 뻗어 나온 빛이 파리 시내를 죽 훑고 지나가며 굴뚝, 교회의 뾰족탑, 둥그런 지붕들을 비추었습니다. 잭은 환하게 빛나는 에펠 탑을 똑바로 바라보았습니다. 바로 그곳이 잭과 애니가 가야 하는 목적지였죠.

파리의 따뜻한 밤공기가 페달을 열심히 밟는 잭과 애니를 에워싸고 자전거가 흔들리지 않도록 잡아 주었어요. 잭과 애니는 목적지를 향해 막힘없이 곧장 날아가 에펠 탑 가까이에 금방 도착했어요.

"땅에 내려야 해!" 잭이 소리쳤어요.

"알았어. 몸을 앞으로 숙여!" 애니가 말했습니다.

둘이 몸을 숙이자 앞바퀴가 아래로 기울어졌어요. 자전거는 탑 아래쪽을 향해 곤두박질쳤습니다. 애니는 자전거가 휘청거리지 않게 손잡이를 꼭 잡았죠.

"페달을 그만 밟아!" 잭은 자전거가 땅바닥으로 그대로 내리꽂힐까 봐 걱정되어 소리쳤어요.

하지만 자전거는 마치 나름대로 생각이 있는 것 같았어요. 땅바닥에 가까워지자 떨어지는 깃털처럼 살포시 내려가기 시작했거든요.

자전거는 땅바닥으로 나풀나풀 다가갔어요. 마침내 탑에서 가까운 그늘진 정원 풀밭에 바퀴가 스르르 닿았어요. 잭과 애니가 브레이크를 잡자 자전거는 슬며시 멈추었습니다. 그러고는 옆으로 살짝 쓰러지며 잭과 애니를 보드랍고 촉촉한 풀밭에 내려놓았죠.

잭이 고개를 드니 바로 앞에 에펠 탑이 보였어요. 에펠 탑은 파리 하늘에 떠 있는 환한 달을 향해 우뚝 서 있었습니다.

"해냈어." 애니가 가쁜 숨을 몰아쉬며 말했어요.

"아직 아니야. 파티가 열리는 곳을 찾아가야지." 잭이 말했어요.

잭과 애니는 풀밭에서 일어섰어요.

"먼저 탑 밑에 자전거를 가져다 두자. 그렇게 하기로 약속했잖아." 애니가 말했어요.

잭과 애니는 이 기다란 자전거를 일으켜 세웠습니다. 다시 자전거에 올라탄 잭과 애니는 에펠 탑을 향해 출발했어요. 자전거는 공중에서보다 훨씬 털털거렸습니다. 풀밭 위를 덜컹덜컹 달리면서 보니 사람들이 박람회장을 썰물처럼 빠져나가고 있었어요.

"문 닫을 시간인가 봐." 애니가 말했어요.

둘은 탑 아래 있는 자전거 보관소에 자전거를 세웠어요. 주위에는 아무도 보이지 않았어요. 아무래도 새로운 마법사들을 위한 파티가 열리는 곳 같지 않았죠. 경비원 한 사람만이 혼자 서 있을 뿐이었습니다.

"실례합니다. 지금 몇 시예요?" 애니가 물었어요.

"10시가 다 됐다." 경비원이 대답했어요.

"에펠 탑은 문을 닫았어요?" 잭이 물었습니다.

"아쉽겠지만 그렇단다."

"저희는 오늘 밤 에펠 탑에서 파티가 열린다고 들었는걸요." 애니가 말했어요.

"아니, 여기서는 아무런 파티도 없는데. 너희도 보다시피 말이다. 탑 꼭대기에서는 개인적인 모임이 열리고 있기는 하지만." 경비원은 고개를 저었어요.

"꼭대기에서 개인적인 모임이 있어요?" 애니가 물었습니다.

잭과 애니는 위쪽을 올려다보았어요. 에펠 탑 꼭대기는 까마득히 높아 보였습니다.

"그래. 아주 중요한 손님들이 초대되었단다. 바로 토머스 에디슨 씨, 루이 파스퇴르 박사, 알렉산더 벨 씨야." 경비원은 잭과 애니에게 바짝 다가서서 속삭였어요.

"바로 그 파티다!" 애니가 소리쳤어요.

"네 번째 손님도 왔어요?" 잭이 물었습니다.

"그럴 수도 있겠지. 하지만 난 다른 사람이 올라가는 건 못 봤다."

"저희도 거기 가야 해요. 어떻게 하면 올라갈 수 있어요?" 애니가 물었습니다.

"미안하지만 밤에는 엘리베이터가 움직이지 않는단다. 혹시 초대장을 가져왔다 해도 이제는 계단을 걸어서 올라가는 수밖에 없어." 경비원이 웃으며 대답했습니다.

경비원은 위를 올려다보며 계속 말했어요.

"그런데 계단이 보통 많은 게 아니야. 내일 날이 밝으면 아침 일찍 다시 와라. 그때는 엘리베이터를 탈 수 있단다.”

경비원은 모자를 살짝 기울여 인사하고는 성큼성큼
가 버렸습니다.

“아저씨! 계단이 몇 개나 돼요?” 애니가 경비원의
뒤에 대고 소리쳤어요.

“1652개란다.” 경비원은 이 말을 남기고 어둠 속으
로 사라졌습니다.

“너무 많잖아.” 잭이 말했어요.

“자전거를 타고 날아서 올라가자.” 애니가 꾀를 내
었습니다.

“안 돼. 마법 주문은 딱 한 번밖에 쓰지 못하잖아.
잊었어?”

잭은 마법 책을 꺼내서 아직 쓰지 않은 주문들을
살펴보았어요.

“결코 잃어버려서는 안 되는 보물을 찾기.”

“그 주문은 아니야.” 애니가 말했어요.

“하늘에서 구름을 끌어오기.”

"그것도 아니야."

"오리로 변신하기."

그러자 애니가 빙긋 웃었습니다.

"꿈도 꾸지 마! 나는 오리 꼴을 하고서 에디슨을 만나지 않을 거라고." 잭이 핀잔을 주었어요.

"그럼?" 애니가 물었습니다.

"계단!" 잭이 대답했습니다.

둘은 계단을 찾기 위해 탑 밑을 한 바퀴 돌았죠.

"저기 있다!" 잭이 말했어요.

잭과 애니는 에펠 탑의 한쪽 다리 안에 있는 계단을 향해 서둘러 달려갔어요.

"준비됐어?" 잭이 철로 된 계단 난간을 붙잡고서 물었습니다.

"응. 가자." 애니가 대답했습니다.

둘은 에펠 탑의 맨 꼭대기 층을 향해 1652개의 계단을 오르기 시작했어요.

8. 새로운 마법사들의 비결

철로 된 에펠 탑의 뼈대 사이로 파리의 하늘이 보였습니다. 잭과 애니는 처음에는 별로 힘들이지 않고 계단을 올라갔어요. 계단은 그리 가파르지 않았어요.

"26, 27, 28······." 잭은 올라가면서 계단의 수를 세었습니다.

"지금쯤 에펠 탑 꼭대기에서는 무슨 일이 벌어지고 있을까?" 애니가 물었어요.

"31, 32, 33······."

"사악한 마법사도 와 있을까? 저 위에 있는 사람들이 마법사가 아니라는 사실을 알면 사악한 마법사는 어떤 짓을 할까?"

"나도 모르지. 49, 50!" 잭은 가쁜 숨을 몰아쉬었습니다.

"아마 그 사람들의 말을 들으려 하지도 않고 잡아가 버릴걸. 마구 괴롭혀서 마법의 비결을 억지로 알아내려고 말이야."

"61, 62……." 잭은 계속해서 계단의 수를 세었습니다.

"빨리 좀 올라가." 애니가 재촉했어요.

360번째 계단까지 세었을 무렵, 잭과 애니는 탑의 첫 번째 층에 다다랐습니다. 둘 다 숨이 턱에 차올랐지요. 잭은 발이 납덩이처럼 무겁게 느껴졌어요.

"계단 진짜 많다!" 애니가 헉헉대며 말했습니다.

"이거…… 장난 아니다. 그…… 그래도 계속 올라가야 해!" 잭은 숨을 몰아쉬느라 띄엄띄엄 말했어요.

둘은 다시 계단을 오르기 시작했습니다. 하지만 처음보다는 속도가 훨씬 느렸어요.

"361…… 362……."

"이제 왜 사악한 마법사가…… 알렉산더 벨을 새로운 마법사라고 생각했는지 알겠어."

애니가 숨을 헐떡거리며 말했습니다.

"392…… 393……."

"오빠, 생각해 봐. 평생 전화라고는 구경도 못해 봤는데…… 어느 날 이상한 물건을 집어 들었더니…… 거기서 소리가 나오는 거야……. 사람 목소리가…… 그것도 멀리 사는 사람의 목소리가 말이지……. 그러면 당연히……." 애니는 열심히 이야기했어요.

"마법 같았겠지! 443…… 444…… 445……." 잭이 헉헉거리며 말했습니다.

"토머스 에디슨도…… 마찬가지야! 지금껏 수천 년 동안…… 불을 피워서 어둠을 밝혔는데…… 어느 날 스위치를 탁 켜니까…… 번쩍! 유리로 만든…… 전구에 불이 들어오는 거야……."

"마법 같았겠네! 510…… 511……." 잭은 숨이 가빠 왔습니다.

"루이 파스퇴르도 그래! 세상에는 온갖 병들이 있는데…… 왜 그런 병에 걸리는지는 아무도 정확히 알지 못했어……. 그런데 어느 날…… 이 사람이 세균이 원인이라는 것을 밝혀낸…… 거야. 그러고는……

나쁜 세균을 없애는…… 방법도 알아낸 거야!"

"마법 같았을 거야! 602…… 603…… 604……."

"나는 정말 이해가 안 돼. 어째서…… 그 사악한 마법사는 이 과학자들에게…… 나쁜 짓을 하려는 걸까? 아무리 그 마법사가……."

"사악하다 해도 말이지……. 620…… 621……."

잭은 다리가 끊어질 것만 같았습니다. 하지만 마치 계단으로 이루어진 산을 올라가는 로봇인 양 오르고 또 올랐어요.

드디어 두 번째 층에 도착했습니다.

"700!" 잭은 긴 숨을 내쉬었어요.

"계속…… 올라가야 해." 애니가 재촉했어요.

"그래…… 계속……. 그리고 마법 주문도 외워야 해. 사악한 마법사를…… 보면 곧바로…… 주문을 말해서…… 그 마법사가 사라져 버리게."

"맞아! 그게 우리가 여기 온 목적이지! 네 명의 새로운 마법사들을…… 지켜 주고…… 그들의 비결을 알아내서…… 멀린 할아버지에게 전하는 것…….”애니는 계속 떠들어 댔어요.

“그만 입 다물고…… 힘 좀 아껴…….”잭이 핀잔을 주었습니다.

잭과 애니는 계속 수를 세며 위로 올라갔습니다. 꼭대기에 가까워지자 피아노 소리가 들려왔어요. 그 소리는 높이 올라갈수록 더 커졌습니다.

잭과 애니는 세 번째 층까지 올랐어요.

“1652!”잭이 가쁜 숨을 몰아쉬며 말했습니다.

에펠 탑 꼭대기가 바로 코앞에 있었습니다. 이제는 테라스로 이어진 나선 계단만 남았어요.

잭은 다리가 쑤시고 머리가 지끈거리고 심장이 터질 것만 같았어요.

“그래도 반드시 올라가야만 해…….”잭은 이를 악물었습니다.

잭과 애니는 힘이 다 빠졌어요. 그래도 무거운 몸을 억지로 끌고서 빙글빙글 이어진 나선 계단을 올라

테라스로 향했어요.

마침내 잭과 애니는 나선 계단 꼭대기에 풀썩 주저앉아 숨을 골랐어요. 머리 위쪽에 걸려 있는 깃발 하나가 요란하게 펄럭거렸습니다. 바람이 불자 땀에 흠뻑 젖은 잭의 몸에 소름이 오싹 돋았어요.

피아노 소리는 테라스에 있는 작은 방에서 나오고 있었습니다.

"누가…… 피아노를 치는 걸까?" 애니가 여전히 숨을 헉헉거리며 물었어요.

"새로운 마법사 중의…… 한 명일지도 몰라." 잭이 대답했어요.

"아니면…… 사악한 마법사이거나."

애니의 말에 잭은 가슴이 철렁했습니다. 온몸이 너무나 오싹해서 힘든 것도 잊어버릴 정도였어요.

"그 사람…… 꼭 사라지게 해야 해." 잭은 자리에서 일어섰어요. 다리가 후들거렸습니다.

"창문으로 들여다보자." 애니가 말했어요.

둘은 거센 바람을 맞으며 탑 꼭대기에 있는 방의
창가로 비틀비틀 다가갔어요. 창문 너머로 들여다보
니 방 안에는 가죽 의자가 있고 등불이 환하게 빛나고

있어서 참 아늑해 보였어요. 턱수염을 기른 남자가 피
아노를 치고 있었어요. 그 뒤에는 희끗희끗한 수염을
가진 나이 지긋한 남자, 하얀 수염이 북슬북슬한 덩치

큰 남자, 수염이 없고 친절해 보이는 남자가 있었습니다. 모두들 즐거운 표정으로 음악에 맞춰 고개를 끄덕이고 있었죠.

"네 사람이 있어." 잭이 속삭였어요.

"모두 다 과학자들일까? 아니면 저 사람들 중에 사악한 마법사도 있을까?" 애니는 궁금했어요.

"그 마법사는 저기 없는 것 같은데? 심술궂게 생긴 사람이 아무도 없잖아. 다들 점잖아 보여." 잭이 대답했습니다.

"근데 여기는 뭐 하는 곳이지?" 애니는 고개를 갸웃거렸지요.

"책을 보면 알 수 있을 거야."

잭은 에펠 탑에 대해 알아보기 위해 안내서를 꺼냈습니다. 책장을 넘기다 보니 에펠 탑 그림이 나왔습니다. 그림에는 각 층이 표시되어 있었어요. 그리고 꼭대기에는 이렇게 쓰여 있었죠.

에펠 탑 꼭대기에는 설계자인 구스타프 에펠의 방이 있습니다.

안내서에는 자기 방에 앉아 있는 구스타프 에펠의 사진도 실려 있었습니다.

"지금 피아노를 치고 있는 사람이잖아!" 잭이 말했어요.

구스타프 에펠은 세계적으로 손꼽히는 건축가 중의 한 사람입니다. 그는 가장 새로운 건축 재료인 유리와 철로 에펠 탑을 세웠습니다. 유리와 철은 돌이나 벽돌보다 가볍기 때문에 건물을 아주 높게 지을 수 있습니다. 에펠 탑은 사방이 뚫린 구조와 튼튼한 철기둥 덕분에 아무리 거센 바람이 불어도 무너지지 않습니다.

"피아노 치는 사람이 네 번째 마법사구나! 철의 마

법사." 잭이 중얼거렸습니다.

　철의 마법사.
　그는 이 땅의 금속을 구부리고
　바람을 이기도다.

"그럼 네 명의 새로운 마법사들이 전부 다 모인 거네. 알렉산더 벨, 토머스 에디슨, 루이 파스퇴르, 구스타프 에펠." 애니가 이야기했어요.

"응. 근데 사악한 마법사는 아직 오지 않았어." 잭이 말했죠.

"빨리 가자. 사악한 마법사를 조심하라고 경고해야 하잖아."

"그러고서 사악한 마법사보다 먼저 우리가 저분들의 비결을 알아내야 해."

잭과 애니는 방으로 들어가는 문 앞에 가서 섰습니다. 애니가 문을 두드렸어요.

그러자 피아노 소리가 멈추었어요. 온 세상이 고요하기만 했어요.

'휴, 이제 어쩌지?' 잭은 앞이 캄캄했어요. 이 유명한 사람들이 지금 상황을 제대로 이해하도록 설명할 수 있을까 걱정되었거든요.

아파트 문이 열렸습니다. 에펠이었어요.

"누구세요?" 에펠이 밖을 살피며 물었습니다.

"안녕하세요? 좀 들어가도 될까요?" 애니가 대뜸 말했어요.

"허, 이것 참! 오늘은 뜻밖의 손님들이 여럿 찾아오는군. 어린 아가씨께서 어떻게 여기 올라오셨나? 엘리베이터가 다니지 않을 텐데?" 에펠은 어리둥절한 표정을 지었습니다.

"오빠랑 같이 계단으로 올라왔어요."

"세상에! 어린애가 올라오기에는 계단이 너무 많은데! 어른이라도 쉽지 않은 것을 어떻게 해냈니? 너희도 파티가 열린다는 초대장을 받고 온 게냐?" 에펠이 물었습니다.

"그런 건 아니에요." 애니가 대답했죠.

"어쨌거나 들어오너라. 사람이 많을수록 더 신나는 법이니까!" 에펠은 뒤로 물러서서 잭과 애니가 안으로 들어오게 한 다음 문을 닫았어요.

네 사람은 호기심 어린 표정으로 잭과 애니를 바라보았습니다.

에펠이 먼저 말을 꺼냈어요.

"너희가 누구인지 말하기 전에 나를 찾아온 뜻밖의 손님들을 먼저 소개할까? 여기 이분은 루이 파스퇴르 박사란다." 에펠은 희끗희끗한 수염이 난 나이 지긋한 남자를 가리켰어요.

"그리고 알렉산더 벨 씨."

흰 수염이 난 덩치 커다란 남자가 고개를 끄덕했습니다.

"마지막으로 토머스 에디슨 씨."

친절하게 생긴 그 남자는 손을 내밀어 애니와 먼저

악수한 다음 잭과도 악수했어요.

"나를 그냥 앨버 아저씨라고 부르렴." 에디슨이 말했어요.

"안녕하세요, 앨버 아저씨." 잭은 쑥스러운 마음에 목소리가 작아졌습니다. 에디슨과 악수를 하다니 꿈만 같았죠.

"저희는 잭과 애니예요." 애니가 말했습니다.

"그래, 잭과 애니는 이 모임을 어떻게 알았지? 여기 이 신사들은 초대장을 받고 왔다만 너희는 초대장이 없다고 했지?" 에펠이 물었습니다.

"저희는요…… 그게……." 애니는 뭐라고 말해야 할지 몰라 멋쩍게 웃었어요.

애니는 숨을 깊이 들이쉬고는 다시 입을 열었어요.

"예, 저희는 초대장이 없어요. 하지만 누가 초대장을 보냈는지는 알아요."

"누구지?" 에펠이 물었어요.

"사악한 마법사예요. 그 마법사는 여러분이 마법의

힘으로 위대한 일을 이뤘다고 착각하고 있어요. 그래서 그 비결을 빼앗으려 해요."

"사악한 마법사?" 에펠이 되물었어요.

"예. 저희가 그 사악한 마법사를 없어지게 할 수 있어요. 대신 그 마법사가 오기 전에 그렇게 놀라운 업적을 이룬 비결들을 저희에게 알려 주셔야 해요."

네 사람은 애니를 빤히 바라봤어요.

"지금 저 아이가 뭐라고 했나요?" 에디슨이 정말로 잘 들리지 않는 듯 물었습니다.

"사악한 마법사가 우리 마법을 탐낸다는군요. 그 마법사가 나타나기 전에 우리 비결을 이야기해 달라고 하네요." 에펠이 큰 소리로 알려 주었어요.

에디슨은 소리 내어 껄껄 웃었습니다. 다른 사람들도 마찬가지였죠.

잭은 얼굴이 화끈 달아올랐습니다.

"비결이 뭐냐고? 아주 좋은 질문이구나. 글쎄다, 생각을 좀 해 보자꾸나……. 사실 내 비결은 간단하단다. 나는 모험을 두려워하지 않고 내 일을 사랑하고 책임감이 강한 사람이란다. 그래서 세계에서 가장 높은 건물을 세우는 쉽지 않은 일에 용감하게 도전했던 거야.” 에펠이 말했습니다.

“와, 멋져요. 모험을 두려워하지 않고 자기 일을 사랑하고 책임감이 강한 사람이 되는 것.” 애니가 말했습니다.

애니는 파스퇴르를 돌아보았어요.

“그럼 박사님의 비결은 뭐예요?”

“내 비결이라?”

파스퇴르는 한참 동안 바닥만 내려다보았어요. 파스퇴르가 드디어 고개를 들고 이야기했습니다.

“아마도 ‘기회는 준비된 사람에게 찾아온다.’는 말이 내 비결이었던 것 같구나.”

다른 사람들이 고개를 끄덕였습니다.

“흠!” 벨이 말했어요.

“아하!” 에펠이 말했어요.

"옳은 말이에요." 에디슨이 말했어요.

"저…… 그게 무슨 뜻이에요?" 애니가 물었어요.

"기회란 말이다, 행운 같은 거야. 사람들은 다들 자기가 하는 일에 행운이 따라 주기를 바라지. 나는 더 많이 공부하고 더 많이 준비한 사람일수록 행운이 많이 생긴다는 것을 깨달았단다." 파스퇴르 박사가 설명했어요.

"아, 열심히 공부할수록 더 행운이 따른다는 말씀이군요. 정말 그렇겠네요!"

애니는 이번에는 에디슨을 돌아보았습니다.

"앨버 아저씨의 비결은요?"

"으음, 내 비결은 무엇이려나. 아무래도 '천재는 1퍼센트의 영감과 99퍼센트의 노력으로 이루어진다.'라는 말 속에 내 비결이 있는 것 같구나." 에디슨은 겸손한 미소를 지으며 대답했어요. 에디슨의 눈동자가 반짝거렸습니다.

그 말에 사람들이 껄껄 웃었습니다.

116

"맞아요! 노력! 실험을 수천 번이나 망친 끝에 마침내 하나의 훌륭한 결과를 얻게 되니까!" 에펠이 말했어요.

다른 사람들이 박수를 보냈습니다.

"이제 알겠어요! 그러니까 노력하지 않으면 천재가 될 수 없다는 거네요." 애니가 말했죠.

모두들 마지막 남은 한 사람을 돌아보았습니다.

"아, 이런! 뭐라고 말해야 하나?" 벨은 북슬북슬한 흰 수염을 매만졌어요.

벨은 눈을 지그시 감았어요.

"한 개의 문이 닫히면 다른 문이 열린다."

모두들 손뼉을 쳤습니다.

"잠깐, 아직 더 있어요!" 벨은 눈을 감은 채로 말을 이었어요.

"하지만 우리는 닫힌 문을 슬픔에 빠진 채 보고 또 보느라 우리를 향해 열린 새로운 문을 보지 못한다." 벨은 마침내 눈을 뜨고 그 자리에 모인 사람들을 둘러보며 미소를 지었어요.

다른 사람들이 다시 한 번 박수를 보냈습니다.

"맞는 말씀입니다! 항상 또 다른 문이 있기 마련이지요!" 에펠이 말했어요.

"그러니까 결코 희망을 버리면 안 된다, 이 말씀이네요! 알겠어요!" 애니가 말했죠.

"어떠냐? 너희가 말하는 그 사악한 마법사가 우리 비결을 듣고 만족할까?" 에펠이 애니를 보며 빙긋 웃었습니다.

애니는 에펠의 물음에 뭐라고 대답하려고 했어요. 그런데 그때 문을 두드리는 소리가 요란하게 들려왔습니다.

9. 사악한 마법사의 정체

갑자기 잭은 다리가 후들거렸어요.

문을 두드리는 소리가 다시 들렸습니다.

"이거 참! 또 뜻밖의 손님이 왔나 보군요!" 에펠이
웃으며 문으로 향했어요.

"열지 마세요!" 잭이 소리쳤어요.

네 사람은 잭을 이상하다는 눈길로 보았습니다.

"바로 그 마법사예요! 제 동생이 말한 건 전부 진짜
예요! 그 마법사는 여러분이 마법을 부린 줄 알고 있

119

어요!"

"걱정 마라. 그냥 손님일 거야." 파스퇴르가 잭을
타일렀습니다.

에펠은 문으로 뚜벅뚜벅 걸어갔죠.

"제발 열지 마세요!" 잭이 소리쳤어요.

하지만 에펠은 이미 문을 열어 버렸습니다.

귀가 찢어질 듯 요란한 천둥소리가 들리더니 불덩
이가 방 안으로 휙 들어왔어요!

잭은 얼굴을 가렸어요.

순간 아무런 소리도 들리지 않았어요.

"오빠?" 애니가 조그맣게 말했습니다.

잭이 고개를 들어 보니 은은한 황금빛이 방 안에
감돌고 있었어요. 애니가 잭의 옆으로 살그머니 다가
섰습니다. 하지만 다른 사람들은 아무도 움직이지 않
았죠. 에펠, 벨, 에디슨, 파스퇴르 모두 돌처럼 꼼짝
도 하지 않았습니다.

기다란 검은색 망토를 걸친 사람이 문간에 서 있는

모습이 어슴푸레 보였어요.

"사악한 마법사야! 주문을 외야 해!" 잭이 소리쳤습니다.

잭은 미리 기억해 둔 주문을 외었습니다.

우리 앞에 있는 것, 이제 우리에게 보이도다!

잭은 애니가 나머지 주문을 외기를 기다렸어요. 하지만 애니는 아무 말도 하지 않았죠.

'큰일이다! 애니가 주문을 잊어버렸어!' 잭은 가슴이 철렁했어요.

그때 갑자기 애니의 웃음소리가 들렸습니다.

"하하, 난 또 누군가 했더니……."

잭은 고개를 들었어요. 안개같이 몽롱하던 기운이 사라지고 마법사의 얼굴이 훤히 보였습니다. 그 얼굴은 무척 낯익었어요. 전기를 뿜어낼 듯한 파란 눈동자를 지닌 근엄한 얼굴이었습니다.

"멀린 할아버지?" 잭은 깜짝 놀랐습니다.

마법사 중의 마법사 멀린 할아버지는 대답 대신 빙
그레 웃었어요.

"안녕하세요, 멀린 할아버지!" 애니가 앞으로 달려
가 멀린 할아버지를 안았습니다.

잭은 멀린 할아버지를 그냥 멍하니 바라보고만 있
었어요.

"이게 다 어떻게 된 일이에요? 사악한 마법사는 어
디 있어요?" 잭이 물었어요.

"사악한 마법사들이 있긴 있지. 바로 캐멀롯에. 그
런데 말이다, 오늘 이 파리 만국 박람회에는 한 명도
없단다." 멀린 할아버지는 특유의 굵직한 목소리로 대
답했어요.

"그럼 이분들에게 에펠 탑 꼭대기로 오라는 초대장
을 돌린 사람이 멀린 할아버지였어요?" 애니가 물었습
니다.

"그래, 내가 그랬지. 너희가 파리에서 보내는 이 짧
은 시간 동안 저 네 명의 위인들을 한자리에서 만나게

해 주고 싶었거든.”

“그럼 어째서 사악한 마법사보다 먼저 이분들을 찾아내야 한다고 하셨어요?” 잭은 궁금했어요.

“내가 어려운 숙제를 내 주지 않았더라면 너희가 그렇게까지 용기를 내고 지혜를 쓸 수 있었을까? 그렇게 열심히 새로운 마법사들을 찾아서 그들의 비결을 배우려고 애썼을까?” 멀린 할아버지는 빙그레 웃으며 대답했어요.

“그건 그래요.” 잭은 솔직히 대답했어요.

“어려움은 사람들로 하여금 서로 힘을 모으게 만든단다. 더 날카롭게 생각하게 하고 더 재빠르게 행동하게 하지. 무슨 일이든 쉽기만을 바라지 마라. 어려움은 목표를 이룰 수 있게 도와주는 친구니까. 내 말을 이해할 수 있겠지?”

멀린 할아버지의 말에 잭과 애니는 고개를 끄덕였습니다.

“그럼 이 위대한 분들의 비결이 무엇이냐? 참으로

궁금하구나." 멀린 할아버지가 물었어요.

"목표를 이루려면 모험을 좋아하고 책임감이 강해야 해요." 잭이 먼저 말했습니다.

"열심히 공부하고 준비해야 행운을 자기편으로 만들 수 있어요." 애니도 이야기했어요.

"자기 일을 열심히 해야 해요. 천재는요, 1퍼센트의 영감과 99퍼센트의 노력으로 이뤄지거든요." 다시 잭이 말했습니다.

"결코 희망을 버려서는 안 돼요. 왜냐하면 문이 하나 닫히면 다른 문이 열리는데 그걸 놓치면 안 되거든요." 애니도 말했습니다.

"훌륭해! 정말 대단한 비결들이로구나! 너희가 이번 모험을 통해서 그 비결들을 배우고 직접 실천했으리라 믿는다. 내 뜻을 알겠느냐?"

"네, 알 것 같아요." 잭이 대답했습니다.

"멀린 할아버지, 저분들은 괜찮을까요?" 애니가 꼼짝도 하지 않는 네 사람을 돌아보며 걱정스러운 목소리로 물었어요.

"내가 가자마자 깨어날 것이니 걱정 마라."

"하마터면 저희가 할아버지를 사라지게 할 뻔했어요. 죄송해요." 잭이 말했어요.

"죄송할 것은 없다만 문제가 하나 생겼구나. 원래 마법 주문이란 외다 말고 그냥 두면 안 되거든." 멀린 할아버지는 빙그레 웃었어요.

"그럼 애니가 나머지 주문을 외서 뭔가 사라지게 해야겠네요?" 잭이 물었어요.

"그렇지! 그 주문을 써서 나를 캐멀롯으로 보내 주면 어떻겠니?"

"그야 쉽죠. 근데 이렇게 빨리 가셔야 해요?" 애니는 아쉬웠어요.

"물론이지. 이 친절한 신사들을 어리둥절하게 만들지 않으려면 내가 빨리 가야 하지 않겠니? 너희를 곧 다시 부를 테니 너무 서운해 하지 마라. 어쨌거나 지금은…… 사라져야 할 때란다."

"안녕히 가세요, 멀린 할아버지." 잭은 빙긋 웃으며 인사했어요.

애니는 숨을 깊이 들이쉬었습니다. 그러고는 멀린 할아버지를 바라보며 자기 몫의 주문을 천천히 외었습니다.

디비완뉴이비!

천둥소리가 들리고 빛이 번쩍하더니 멀린 할아버지는 온데간데없이 사라졌어요.

그 순간 굳어 있던 네 사람이 다시 살아 움직이기 시작했습니다.

"보렴. 바람 소리였을 뿐이야." 에펠은 바람이 불어 들어오는 열린 문을 가리켰어요.

"어, 그러네요. 죄송합니다." 잭은 일부러 아무것도 모르는 척했습니다.

"쓸데없는 걱정은 하지 않아도 돼. 너희는 안전하

단다. 우리는 마법과 마법사가 나오는 옛이야기 속의 세상이 아니라 과학이 이루어 낸 신기하고 새로운 세상에 살고 있거든."

에펠은 이렇게 말하고 열린 문 쪽으로 갔어요.

"다 함께 여기로 나와서 우리가 사는 이 새로운 세상을 한번 보시지요."

사람들은 에펠을 따라 바람 부는 테라스로 나갔습니다. 그리고 난간 아래를 내려다보았습니다.

"여러분, 파리는 참 아름다운 도시지요?" 에펠이 말했어요.

에펠 탑의 거대한 조명등에서 나온 빛이 파리 위를 훑었어요. 마치 긴 꼬리를 단 혜성이 지나가는 것 같았죠. 잭과 애니 그리고 다른 네 사람들은 아래를 내려다보았습니다. 빛은 둥근 돔 지붕, 나무 꼭대기, 커다란 기념비, 교회 뾰족탑, 가지각색의 분수대, 잔물결 치는 강을 비추었어요. 배에 달린 등불이 반딧불처럼 깜빡였습니다.

"에펠 씨와 에펠 탑 덕분에 온 도시를 구경할 수 있게 되었군요." 에디슨의 목소리가 바람 소리보다 크게 울려 퍼졌어요.

"에디슨 씨 덕분에 파리 시내에 있는 1만 개의 가스등이 곧 전등으로 바뀌게 되겠네요!" 에펠이 말했습니다.

"파스퇴르 박사님의 연구소 덕분에 머지않아 무서운 병들을 더 많이 고칠 수 있게 되겠지요." 벨이 말했습니다.

"벨 씨 덕분에 여러분에게 전화를 걸어서 연구 성과를 말씀드릴 수 있게 되었습니다!" 파스퇴르의 말에 모두들 웃었어요.

"이제 시작일 뿐이에요! 언젠가는 조그마한 전화를 주머니에 넣고 다니면서 세계 어디에 있는 사람하고도 이야기할 수 있는 날이 올 테니까요!" 애니가 말했습니다.

"애니! 우리는 이제 가야겠다." 잭은 자기들이 미래

에서 왔다는 사실을 들키고 싶지 않았어요.

하지만 애니는 멈추지 않고 계속해서 이야기를 늘어놓았죠.

"또 컴퓨터라고 불리는 것도 나오게 될 거예요. 컴퓨터는 언제든 무엇이든 필요한 정보를 당장에 알려 줄 수 있는 건데요……."

"애니!" 잭이 참다못해 외쳤어요.

"게다가 또 한 가지! 언젠가 사람들이 저기 저 달 위를 걷게 될 거예요!" 애니는 머리 위에 떠 있는 달을 가리켰습니다.

그 말에 사람들은 쿡쿡 웃고 말았습니다.

"너는 무척 재미있는 상상을 많이 하는구나!" 에펠이 말했습니다.

"상상은 참 좋은 거야! 상상하지 않았다면 우리 중에 아무도 오늘 밤 이 자리에 있을 수 없었을 테니까 말이다." 에디슨이 이야기했어요.

"저기, 저희는 그만 집에 가는 게 좋겠어요." 잭이

말했습니다.

"그런데 너희 집은 어디냐? 달에 있니?" 에펠이 놀리듯 물었어요.

"아니에요. 미국의 펜실베이니아 주에 있는 프로그 마을에 있어요." 잭이 대답했죠.

"그럼 너희는 어떻게 거기까지 갈 거니?" 벨이 물었습니다.

"마법의 오두막집을 타고 가지요." 애니가 툭 내뱉었습니다.

사람들이 또다시 쿡쿡 웃었습니다.

"아하하, 하하! 애니, 그런 우스운 얘기는 좀 그만해라. 이제 우린 가자." 잭도 덩달아서 웃는 척 얼버무렸습니다.

"애니, 너와 네 오빠가 마법의 오두막집을 타고 무사히 돌아가길 바란다. 너희 둘 덕분에 굉장히 재미있었단다. 언제라도 다시 찾아오렴." 에펠 씨가 말했습니다.

잭과 애니는 벨, 에디슨, 파스퇴르, 에펠에게 손을 흔들어 작별 인사를 한 다음 나선 계단을 조심조심 내려갔어요. 그러고는 1652개의 에펠 탑 계단을 내려가기 시작했습니다.

10. 아름다운 에펠 탑

1652개의 계단을 내려가는 것은 올라가는 것보다 한결 쉬웠습니다. 한 계단, 두 계단씩 내려가고 내려가고 또 내려가다 보니 어느새 맨 아래층에 도착했습니다.

잭은 에펠탑 밑에 놓아 두었던 2인용 자전거가 사라진 것을 눈치 챘어요.

"그 사람들이 자기네 자전거를 가져갔나 봐."

잭과 애니는 주위를 둘러보았어요. 전시품들은 천

으로 덮여 있고 문이란 문은 다 잠겨 있었습니다. 낮 동안 왁자지껄 바글바글 붐볐던 박람회는 이제 고요했어요. 생생한 백과사전도 잠이 든 거예요. 잭도 갑자기 아주 피곤해졌어요.

"집으로 갈까?" 애니가 물었습니다.

"그래, 프로그 마을로." 잭은 고개를 끄덕이며 긴 숨을 내쉬었어요.

잭과 애니는 서둘러 다리를 건너 큰길을 가로질렀습니다.

"정말 좋은 분들이야." 잭은 장미꽃 향기가 감도는 어두운 공원을 걸어가면서 말했어요.

"맞아. 그렇게 대단한 일을 해냈으면서도 거만하지 않다니 말이야." 애니도 말했습니다.

"꼭 보통 사람으로 변장한 마법사들 같았어." 잭이 이야기했습니다.

마법의 오두막집이 있는 곳에 다다른 잭과 애니는 줄사다리를 타고 올라갔어요. 그리고 마지막으로 창

밖을 내다보았습니다. 도시 전체를 굽어보는 듯 우뚝
솟은 에펠 탑에서 뿜어진 빛이 파리 시내를 쓰다듬고
있었습니다.

 잭은 가방에서 멀린 할아버지의 편지를 꺼냈어요.
그리고 편지를 펼쳐 '프로그 마을'이라는 글자를 가리
켰어요.

"프로그 마을에 있는······."

잭이 소원을 다 빌기도 전에 밝은 빛이 잭과 애니를 감쌌어요. 고개를 들어 보니 에펠 탑의 조명등 중 하나가 마법의 오두막집을 비추고 있었어요. 빛은 한참 동안이나 오두막집 안을 환히 비추었죠.

애니는 그 빛을 향해 두 손을 흔들었어요. 잭도 손을 흔들었습니다.

"마법사들, 안녕히 주무세요!" 애니가 외쳤어요.

잭은 웃으며 멀린 할아버지의 편지를 다시 가리켰습니다.

"우리 집으로 돌아가고 싶다!" 잭은 소원을 마저 빌었어요.

바람이 불기 시작했어요.

나무 위 마법의 오두막집이 빙글빙글 돌기 시작했어요.

점점 더 빨리 더 빨리.

그러다가 사방이 잠잠해졌어요.

쥐 죽은 듯이.

잭은 눈을 떴어요. 둘 다 보통 때의 옷차림으로 돌아와 있었어요. 저녁 노을의 붉은 햇살이 마법의 오두막집 안으로 새어 들어왔어요. 프로그 마을의 시간은 이번에도 잭과 애니가 떠나던 순간 그대로 멈춰 있었습니다.

"굉장한 모험이었어." 잭이 중얼거렸어요.

"진짜 대단했어." 애니가 맞장구쳤습니다.

잭은 1889년 파리 만국 박람회 안내서를 가방에서 꺼내어 멀린 할아버지의 편지와 함께 오두막집 바닥에 놓았습니다. 하지만 테디와 캐슬린이 준 마법 책은 가방에 그대로 두었어요.

"이제 네 번째 모험에서 쓸 주문이 세 개 남았어." 잭이 말했어요.

"꽥꽥!" 애니가 장난스럽게 소리쳤습니다.

"장난치지 마. 갈까?" 잭이 물었어요.

"응!"

애니는 먼저 줄사다리를 타고 내려갔어요. 잭도 뒤따라 아래로 내려갔습니다.

숲 속에도 차츰 어둠이 깃들고 있었어요. 잭과 애니에게는 무척이나 눈에 익은 풍경이었죠.

"우리가 방금 그 위인들을 만났다는 게 믿어지지가 않아. 내가 에디슨이랑 악수를 했다는 것도." 잭이 말했습니다.

"앨버 아저씨 말이야?" 애니가 물었어요.

"그래, 앨버 아저씨." 잭은 나직이 중얼거렸어요.

"우리가 이번 모험에서 그 위인들의 비결을 모두 배우고 직접 실천했다는 멀린 할아버지 말씀이 무슨 뜻이지?" 애니가 물었어요.

"한번 생각해 봐. 우리가 에펠처럼 모험을 주저하지 않고 책임감 강한 사람이 아니었다면 멀린 할아버지가 내린 임무를 해내러 떠나지 않았을 거야." 잭이 설명했어요.

"하긴 그러네. 그 임무를 위해 땀도 엄청 흘렸잖아. 계단을 올라갈 때 말이야."

"파스퇴르 연구소 문이 잠겨 있었을 때도 우리는 희망을 버리지 않았어. 그냥 돌아서지 않고 열린 문이 있는지 건물 주위를 둘러봤지."

"그리고 오빠는 박람회 안내서를 읽어 가며 미리미리 준비했어. 그러니까 어떤 사람이 에디슨을 '멘로파크에서 온 마법사'라고 했을 때 우리한테 행운이 찾아왔던 거야."

"그 신사와 숙녀가 우리한테 자전거를 빌려 주는 행운도 찾아왔고 말이야."

"사실 나는 그게 행운이라고 생각하지 않아." 애니가 고개를 저었어요.

"무슨 소리야?"

"그 신사 어쩐지 어린애가 변장한 모습처럼 보이지 않았어? 턱수염이랑 콧수염이 가짜 같았다고."

"그건 그랬지! 하지만 너무 급해서 미처 깊이 생각

하지 못했어."

"그리고 그 숙녀도 말하는 투가 이상했잖아. 목소리도 억지스럽고. 모자에 달린 베일로 얼굴을 다 가린 것도 그래. 또 신사는 우리한테 바람처럼 씽씽 달려야 한다고 했어. 그렇게 강조한 것도 이상하지만 그 말이 테디와 캐슬린의 마법 주문을 떠올리게 해 주었잖아." 애니가 조목조목 이야기했어요.

"너는 그럼 그 두 사람이 사실은 테디랑 캐슬린이었다고 생각하는 거야?" 잭은 천천히 고개를 끄덕이며 물었습니다.

"응, 아마도. 이번까지 세 번의 모험에서 그 친구들이 우리가 제때 제자리에 갈 수 있게 곁에서 도와준 것 같아."

"다음에 테디하고 캐슬린이 우리를 도와줄 때는 놓치지 말고 잡자."

"그래. 다음번에는 우리가 그 애들을 깜짝 놀라게 하는 거야!" 애니가 웃으며 말했죠.

"훌륭한 작전이야!" 잭이 맞장구쳤어요.

저 멀리서 종소리가 딸랑딸랑 울려왔습니다.

"아이스크림 트럭이야!" 애니가 소리쳤어요.

"참, 맞다! 아이스크림 사 먹기로 했지!" 잭이 소리 쳤습니다.

아이스크림 트럭의 종소리가 다시 들려왔어요. 잭 과 애니는 숲에서 뛰어나와 여름 저녁 공기를 가르며 달려갔습니다.

파리 만국 박람회에 대한 더 많은 사실

 박람회란 무엇일까?

박람회란 어떠한 분야의 새로운 성과물들을 모아 놓는 전시회이다. 그중에서도 만국 박람회는 세계 여러 나라에서 참가하는 큰 행사이다.

최초의 박람회는 1761년 런던에서 열린 공산품 전시회였다. 그 후 산업의 발달로 인해 박람회의 규모가 더욱 커져서 1851년 런던에서 처음으로

만국 박람회가 열렸다. 1889년 파리 만국 박람회*

는 에펠 탑이 세워진 것으로 유명하다. 1928년 파

리에서 맺어진 규칙에 따라 오늘날 만국 박람회는

4년에 한 번씩 열리고 있다.

이 책에 나오는 위인들이 실제로 만났을까?

1889년 파리 만국 박람회 때 에디슨과 에펠은 에

펠 탑 꼭대기에 있는 에펠의 방에서 만났다. 에

펠 탑에 가면 에디슨과 에펠의 모습을 본떠서 만

든 밀랍 인형이 전시되어 있다.

---

* 이 박람회는 우리나라가 처음으로 참가한 만국 박람회였어요. 그 당시 고종 임금이 다스리고 있던 우리나라는 가마, 모시, 갓, 돗자리 등을 전시했어요. 1993년 만국 박람회는 바로 우리나라에서 열렸어요. 지금 대전에 있는 엑스포 공원이 만국 박람회가 열렸던 장소지요. 엑스포는 만국 박람회의 다른 말이랍니다. (옮긴이)

에디슨은 파스퇴르 연구소에 가서 파스퇴르도 만났다. 그때 파리에 없었던 유일한 사람은 벨이다. 벨은 미국에 남아 있었다. 하지만 벨이 발명한 전화는 파리 만국 박람회에서 가장 인기를 끈 전시품 중의 하나였다.

 벨은 어떻게 전화를 발명했을까?

알렉산더 그레이엄 벨은 1847년 영국에서 태어났다. 벨의 아버지와 할아버지는 유명한 웅변 교육가였다. 벨은 런던에서 의학을 공부했다. 하지만 1871년 미국으로 간 후 아버지의 뒤를 이어 청각 장애 어린이들을 가르치면서 소리에 관심을 갖게 되었다.

벨은 사람의 목소리를 전달하는 도구를 만들기 위해 왓슨이라는 조수를 데리고 여러 해 동안 실험에 실험을 계속했다. 1876년 어느 날 벨은 옆방에 있는 왓슨을 불렀다. "왓슨, 할 일이 있으니 이리 좀 와 보게!" 그런데 놀랍게도 왓슨은 둘이 함께 만든 기계에서 벨의 목소리가 나오는 것을 들었다. 그때 벨이 왓슨을 부른 말이 세계 최초의 전화 통화가 된 것이다.

벨은 1877년 전화 회사를 세웠다. 그리고 이 회사에서 번 돈으로 평생 동안 청각 장애 어린이를 교육하는 데 힘썼다. 벨은 헬렌 켈러와 우정을 나누기도 했다. "한 개의 문이 닫히면 다른 문이 열린다. 하지만 우리는 닫힌 문을 슬픔에 빠진 채 보고 또 보느라 우리를 향해 열린 새로운 문을 보지 못한다." 벨의 이 유명한 말은 실망에 빠져 있던 많은 사람들에게 희망을 주었다.

에디슨은 어떻게 발명왕이 되었을까?

토머스 에디슨은 1847년 미국 오하이오 주에서 태어났다. 그는 무슨 일이든지 항상 열심히 했다. 어린 나이에 공공 도서관의 책들을 거의 다 읽었으며 열두 살 때는 이웃에게 채소를 팔고 기차에서 간식거리를 파는 사업을 벌였다. 열세 살에는 모스 부호를 주고받는 일을 하는 전신 기사로 취직하기도 했다.

에디슨은 일하는 사이사이 짬을 내어 발명에

열중했다. 사실 에디슨은 어렸을 때 귀를 세차게 맞은 데다가 성홍열*에 걸리는 바람에 소리를 잘 듣지 못했다. 하지만 이러한 약점 때문에 오히려 발명에 집중할 수 있었다. 그는 미국 뉴저지 주의 멘로파크에 실험실을 열고 그곳에서 백열전구, 축음기 등을 발명했다.

에디슨이 남긴 말 "천재는 1퍼센트의 영감과 99퍼센트의 노력으로 이루어진다."는 자신의 경험에서 나온 말이다. 에디슨은 일생 동안 1,000가지가 넘는 특허를 받아 '발명왕'이라는 별명을 얻었다.

---

*성홍열은 전염병의 한 종류예요. 성홍열에 걸리면 열이 나고 목이 아프고 온몸에 작은 좁쌀 같은 두드러기가 나요. (옮긴이)

1931년 에디슨이 세상을 떠났을 때 미국에서는 그의 업적을 기리기 위해서 집집마다 전구의 밝기를 낮추었다.

에디슨의 정식 이름은 토머스 앨버 에디슨이었다. 에디슨과 친한 사람들은 그를 '앨버'라고 부르기도 했다.

파스퇴르가 남긴 업적은 무엇일까?

루이 파스퇴르는 1822년 프랑스에서 태어나 물리학과 화학을 공부했다. 그는 파리에 살면서 여러 해 동안 미생물을 연구했다. 특히 세균과 전염병의 관계를 밝히기 위해 오랫동안 노력한 끝에 세균이 병을 일으킨다는 사실을 알아냈다. 그때까지만 해도 유럽에서는 악마 같은 사악한 존재가 병을 일으킨다고 믿는 사람들이 많았다.

파스퇴르는 광견병 백신도 만들었다. 광견병은 개에게서 많이 나타나는 무서운 전염병이다. 광견병에 걸린 개에게 물리면 사람도 광견병에 걸린다. 하지만 물렸을 때 광견병 백신을 즉시 주사하면 광견병을 예방할 수 있다. 백신이란 전염병을 일으키는 미생물을 우리 몸이 스스로 물리칠 수 있게 하는 주사약이다.

또한 파스퇴르는 저온 살균을 개발했다. 저온 살균은 음식을 60~80도의 온도로 30분 정도 가열하여 음식에 있는 세균을 없애는 방법이다. 저온 살균 덕분에 음식을 더 오래 저장할 수 있게 되었다.

파스퇴르는 "기회는 준비된 사람에게 찾아온다."라는 말을 남겼다. 그 자신도 철저히 준비한 덕분에 위대한 업적을 이룰 수 있었기 때문이다. 파스퇴르는 1895년 세상을 떠났지만 프랑스 파리에 있는 파스퇴르 연구소는 질병을 예방하고 치료하는 방법을 계속 연구하고 있다.

에펠은 어떤 사람이었을까?

구스타프 에펠은 1832년 프랑스 동부에서 태어났다. 건축가가 된 에펠은 다른 사람들이 감히 해 보지 않은 용감한 도전을 많이 했다. 그는 철 기둥을 사용하는 새로운 건축 기술을 이용해서 이

전에는 볼 수 없었던 튼튼한 다리와 육교를 설계했다. 미국 뉴욕에 있는 자유의 여신상을 만드는데도 참여했다. 하지만 에펠의 작품 중에서 가장 놀라운 것은 뭐니 뭐니 해도 에펠 탑이다.

에펠 탑을 만들 때 에펠은 많은 사람들의 반대에 부딪혔다. 어떤 사람들은 에펠 탑이 흉하게 생겼다고 말했고 어떤 사람들은 바람이 세게 불면 에펠 탑이 쓰러질 거라고 말했다. 하지만 에펠은 철 기둥으로 아름다운 곡선을 만들어 냈고 철 기둥 사이사이를 뻥 뚫어서 바람이 무사히 지나가도록 했다.

결국 에펠 탑은 파리를 상징하는 자랑거리가 되었다. 높이가 약 300미터인 에펠 탑은 1930년

대까지도 세계에서 가장 높은 건물이었다. 오늘날에도 해마다 600만 명이 넘는 사람들이 에펠탑을 찾고 있다.

에펠은 "아버지로부터 모험을 좋아하는 성격을, 어머니로부터 일에 대한 사랑과 책임감을 물려받은 덕에 성공할 수 있었다."라고 말했다.

에펠 탑의 계단은 정말로 1652개일까?

실제로 에펠 탑에 계단이 몇 개인지는 정확하게 알려져 있지 않다. 1789년 프랑스에서 일어났던 시민 혁명을 기념하여 1789개의 계단이 있다고 주장하는 사람들도 있다. 또 에펠탑 공식 홈페이지(www.tour-eiffel.fr)에는 1665개라고 나와 있다. 이렇게 계단의 수가 분명하지 않은 것은 그동안 에펠 탑이 여러 번 수리를 거치면서 계단의 수가 달라졌기 때문이다.

에펠 탑에는 높이에 따라 모두 세 군데의 전망대가 있다. 원래는 계단으로 꼭대기까지 오를 수 있었지만 오늘날에는 두 번째 전망대까지만 계단으로 갈 수 있다. 맨 위에 있는 전망대에 가기 위해서는 반드시 엘리베이터를 타야 한다.

이 책을 읽는 어린이들에게

예전부터 나는 내가 참 좋아하는 도시, 파리로 잭과 애니를 보내고 싶어 했어요. 그런데 어느 날 자료를 찾다가 파리에서 모험을 벌이기에 딱 맞는 완벽한 역사적 배경을 우연히 찾아냈지요. 바로 1889년 파리 만국 박람회였어요.

비행기도 텔레비전도 인터넷도 없던 그 시절에 살던 사람들은 다른 나라의 문화, 그러니까 음식이나 옷차림이나 풍습을 알기 위해서 만국 박람회를 찾아다

넸어요. 만국 박람회에서는 최신 기계들과 발명품들도 함께 전시되곤 했지요.

1800년대가 끝나 갈 무렵, 과학 기술은 그 이전과는 비교할 수도 없을 정도로 눈부시게 발전하고 있었답니다. 어쩌면 지금보다도 더 큰 폭으로 변화했을 거예요. 잭과 애니와 함께 그 놀라운 시대에 다녀오고 났더니 여러분도 박람회에 가고 싶은 기분이 들지 않나요?

메리 폽 어즈번

지은이 | 메리 폽 어즈번

메리 폽 어즈번은 미국에서 태어났다. 노스캐롤라이나 대학에서 연극을 공부했고, 그리스 신화와 종교에 매료되어 종교학을 공부하기도 했다. 졸업 후에 그리스의 크레타 섬에 있는 동굴에서 생활하기도 했고, 유럽 친구들과 이라크, 이란, 인도, 네팔 등을 비롯한 아시아 16개국을 자동차로 여행하기도 했다. 여행 중에 아프가니스탄에서 지진을 겪기도 하고, 히말라야에서 독이 몸에 퍼져 목숨을 잃을 뻔하기도 했다. 고향으로 돌아온 뒤에는 윈도 디스플레이어, 병원 조무사, 식당 종업원, 바텐더, 어린이 책과 잡지의 편집자 등 다양한 직업을 가지며 생활했다. 워싱턴에서 관광 가이드로 지내던 중 연극배우이자 감독, 극작가인 지금의 남편 윌 어즈번을 만나 결혼했다.

청소년을 위한 소설 『최선을 다해 뛰어라』라는 작품을 쓰게 되면서부터 본격적인 작가 생활을 시작했다. 지금까지 50여 권 이상의 어린이 책을 썼다. 대표 작품인 「마법의 시간여행 *Magic Tree House*」 시리즈는 공룡, 중세 기사, 미라, 해적 등 다양하고 폭넓은 주제를 다룬 본격 어린이 교양서로 어린이들로부터 열렬한 사랑을 받고 있다.

그린이 | 살 머도카

지금까지 200권이 넘는 어린이 책에 글을 쓰거나 그림을 그렸다. 어린이를 위한 오페라 대본을 쓰고 단편 영화를 만들기도 했다. 현재 부인 낸시와 함께 뉴욕에 살며 파슨스 디자인 스쿨에서 작문과 삽화를 가르치고 있다.

옮긴이 | 노은정

연세대학교 영어영문학과를 졸업하고 현재 어린이 책들을 번역하고 있다. 번역 작품으로는 「마법의 시간여행」 시리즈, 「마음과 생각이 크는 책」 시리즈와 『칙칙폭폭 꼬마 기차』, 『내 멋대로 공주』, 『조이, 열쇠를 삼키다』 등이 있다.

마법의 시간여행 35
파리에서 마법사들을 찾아라!

메리 폽 어즈번 지음 / 살 머도카 그림 / 노은정 옮김

1판 1쇄 펴냄 — 2006년 8월 31일
1판 7쇄 펴냄 — 2007년 10월 15일

펴낸이 박상희
펴낸곳 (주)비룡소
출판등록 1994. 3. 17.(제16-849호)
주소 135-887 서울시 강남구 신사동 506 강남출판문화센터 4층
전화 영업(통신판매) 515-2000(내선1) / 팩스 515-2007 / 편집 3443-4318~9
홈페이지 www.bir.co.kr

값 7,000원

ISBN 978-89-491-8500-2 73840
ISBN 978-89-491-5054-3 (세트)

마법의 시간여행

마법의 시간여행
지식탐험